곰 한 마리가 숲속에 있어

| 차례 |

프롤로그　9

1부 **인사**　23

2부 **함께**　73

3부 **안녕**　149

첫 번째 리뷰
기억의 퍼즐 조각(이미화)　224

작가의 말　232

"상상이 나쁜 거야?"
"왜 그렇게 생각해?"
"애들이 나더러 자꾸 거짓말한대."

은호는 주위의 곱지 않은 시선을 느낀 뒤로부터
혼자만 간직해 온 비밀을 아빠 귀에 속삭이기 시작했다.
지금 제 눈에 보이는 아름다운 환상의 몽글몽글한 느낌을
아빠와 나누고 싶었다.

| 프롤로그 |

직소 퍼즐 조각이 바닥에 흩어져 있었다.

은호는 고사리손으로 작은 조각을 들고 바닥을 노려보았다. 지구 멸망을 막으려는 히어로의 자세로 퍼즐을 놓을 위치를 신중하게 고민했다.

아빠는 옆에서 숨 죽인 채 그 모습을 지켜보았다. 눈 깜빡할 사이에 애들이 자란다는 건 알았지만, 두 달 사이 이렇게나 달라졌다니. 떠나기 전만 해도 생일 선물로 사 준 도미노 게임에 빠져 거실 전체가 팻말로 가득 차 있었는데, 언제 직소 퍼즐로 바뀌었을까. 아빠는 이제부터 눈 부릅뜨고 아들 옆에 꼭 붙어 있어야겠다고 다짐했다. 두 달 만에 보는데도 자신을 본 척 만 척하는 모습마저 너무 사랑스러웠다. 아빠는 은호바라기였다.

곧이어 은호가 네이비블루 조각을 북동쪽에 조심스레 놓았다. 바닥에 깔린 네이비블루 조각이 족히 천 개가 넘었고 그다음으로 수가 많은 것이 옐로였다. 색에 둔한 아빠 눈에는 그게 그것처럼 보였지만, 은호에게는 퍼즐의 색깔 하나하나가 미세하게 다 달랐다.

잠시 후, 아빠는 머리가 지구 자전축처럼 15도 옆으로 기울어졌다.

"은호야, 완성된 그림을 보면서 하면 더 좋지 않을까?"

"그림은 필요 없어."

"음……. 그래, 알았다! 이거 그거지? 별 헤는 밤!"

"별 헤는 밤 아니고 '별이 빛나는 밤'. 그리고 '아를의 별이 빛나는 밤'이랑 '밤의 테라스'."

아빠는 눈썹이 위로 번쩍 들렸다. 조각이 좀 많다 싶긴 했지만, 직소 퍼즐 세 작품이 합쳐진 거였다니! 자세히 보니 은호가 퍼즐을 맞추는 방식이 특이했다. 맨바닥 위에 조각을 하나씩 놓아 가운데부터 그림이 조금씩 커졌다. 아이는 세상에 없는 그림을 만들어 가고 있었다.

"은호가 만드는 그림은 제목이 뭐야?"

"비밀."

일곱 살, 벌써 비밀을 만들 나이가 된 건가. 아빠는 아직 마음의 준비가 되지 않은 상태였다. 사춘기가 오려면 한참 남은 줄 알았는데.

"아빠 상처받았어. 우리 은호가 너무 빨리 커. 좀 천천히, 아주 느리게 자랐으면 좋겠어."

"또 삐졌어?"

"안 삐졌어. 근데 뽀뽀해 주면 풀릴 것 같아. 볼 뽀뽀."

은호는 무표정한 얼굴로 아빠 볼에 뽀뽀했다. 아빠가 오랜 출장에서 돌아온 기념으로 백만 스물두 번째였다. 아빠는 아직 아이가 사춘기가 오지 않은 것 같다면서 싱글벙글 웃는 데 반해, 은호는 제 아빠가 사춘기가 온 철부지 소년 같다고 생각했다. 두 남자는 사춘기를 남극과 북극만큼이나 다르게 생각하고 있었다.

"근데 왜 계속 집에만 있어? 날씨도 좋은데 밖에 나가 놀지 않고."

바야흐로 입춘이었다. 아빠가 발코니 문을 활짝 열자, 차갑지만 상쾌한 공기가 거실로 쑤욱 들어왔다. 바깥에서는 은호 또래의 아이들이 정글짐에서 소리를 지르며 놀고 있었다.

"은호야, 놀이터 가서 애들이랑 같이……."

끝을 얼버무렸다. '애들'이라는 소리가 나오자마자 은호가 긴장한 듯 몸이 뻣뻣하게 굳었기 때문이다. 저런 적이 없었는데.

아빠는 곧바로 바깥 소음이 들어오지 못하게 문을 닫았다.

"애들이랑 싸웠어?"

"싸우지는 않았어."

어디서부터 어떻게 풀어야 하나 골똘히 생각하는데, 은호가 먼저 입을 열었다.

"상상이 나쁜 거야?"

"왜 그렇게 생각해?"

"애들이 나더러 자꾸 거짓말한대."

그때, 뚜뚜뚜두 현관 비밀번호 누르는 소리와 함께 엄마가 집으로 들어왔다. 장바구니에 싱싱한 채소들이 가득했다. 아빠는 엄마와 함께 채소를 정리하면서 그사이 은호한테 무슨 일이 있었느냐고 소곤소곤 물었다. 엄마는 개수대 물을 세게 틀고 작게 이야기했다. 아빠는 미간을 좁힌 채 경청했다.

아빠는 이따 은호 재우고 밤에 더 이야기하자고 엄마에게 말한 뒤, 다시 은호에게로 갔다. 은호의 시선은 여전히 바닥에 꽂혀 있었다. 아빠는 허리에 손을 얹고 명랑하게 말했다.

"아들, 아빠랑 '둘이' '산책' 가자."

그건 둘만의 비밀 신호로, '우리, 엄마 몰래 아이스크림 먹으러 갈까?'라는 의미를 담고 있었다. 은호는 벌떡 일어나 점퍼를 챙겨 들고 현관으로 달려갔다.

아이스크림 전문점에서 은호가 제일 좋아하는 맛을 고른 뒤 함께 나눠 먹으며 공원을 거닐었다. 바삭한 식감의 초콜릿을 좋아하는 은호의 취향은 그대로였다. 몰래 먹는 아이스크림 한 숟갈에 밝은 얼굴로 돌아온 은호를 보고 아빠는 활짝 웃었다. 아이스크림 통이 바닥을 보일 때쯤 슬쩍 말을 꺼냈다.

"아빠도 옛날에 은호처럼 그랬어. 가끔은 자고 일어나도 계속 꿈을 꾸는 것 같기도 하고."

"내가 보고 있는 게 꿈이야?"

아빠는 바로 답하지 못했다. 과거형이 아니었다. 엄마는 상상이라고 표현하고, 또래 아이들은 거짓말이라고 하는 그것이 이 순간에도 계속되고 있는 걸까.

"언제부터 그런 게 보였어? 혹시 아빠가 출장 가고 나서부터야?"

은호는 고개를 끄덕였다. 걷는 내내 은호의 시선이 힐끔힐끔, 분주하게 움직였다. 너무 보고 싶지만, 사람들이 이상하게 여기니까, 다들 걱정하니까 몰래몰래 그것들을 보는 것이다. 쭈뼛거리며 눈치를 보는 은호의 모습에서 아빠는 아이가 그동안 얼마나 마음고생이 심했는지 느껴졌다.

아빠는 허리를 굽혀 은호와 눈을 맞추고 짐짓 씩씩한 목소리로 물었다.

"어떻게들 생겼어? 색깔은? 키는? 눈도 있어?"

은호는 주위의 곱지 않은 시선을 느낀 뒤로부터 혼자만 간직해 온 비밀을 아빠 귀에 속삭이기 시작했다. 아빠는 그것들이 보이지 않았지만, 아이의 손가락과 시선을 따라 부지런히 눈을 움직였다.

나무에는 무지갯빛으로 빛을 뿜는 조개들이 보석처럼 알알이 박혀 있고, 바다 곳곳에는 화려한 색감을 자랑하는 산호초들이 꽃처럼 활짝 피어 있었다. 사람들이 지나가면서 밟을라치면 산호초는 두더지처럼 땅 아래로 쑥 들어갔다가 사람들이 멀어지면 냉큼 다시 위로 튀어나왔다.

은호는 혹시라도 산호초가 사람들 발에 밟힐지 걱정돼 손에 땀이 났다. 다행히 산호초는 행동이 재빨라서, 리듬을 타듯 올라갔다 내려갔다 반복하며 사람들의 발을 쏙쏙 피했다.

사람들의 행렬이 끝도 없이 이어지자 안 되겠다 싶었는지, 산호초 하나가 다른 산호초들에게 분주히 팔다리를 움직여 생각을 전했다. 색깔이 가장 진한 산호초가 나뭇가지처럼 생긴 팔다리로 옆 구르기를 하며 다른 곳으로 자리를 옮기자, 산호초들이 같은 방법으로 뒤따랐다.

환상과 현실의 마블링. 물이 담긴 그릇에 유화 물감을 떨어뜨리면, 물과 기름이 서로 섞이지 못하면서 오히려 기묘한 아름다움을 만들어 내곤 한다. 며칠 전 유치원 미술 시간, 은호는 물에 둥둥 뜬 색색깔의 물감이 천천히 움직이는 모습을 보며 하얀 종이를 들고 기다렸다. 볼에 뽀뽀하듯 종이를 살짝 대면 찰나의 아름다움이 그대로 종이에 찍혔다. 집에 그 종이를 들고 와서 보여 주자, 엄마는 정말 멋지다며 크게 웃었다.

그날처럼, 은호는 지금 제 눈에 보이는 아름다운 환상의 몽글몽글한 느낌을 아빠와 나누고 싶었다. 다급한 마음에 말이 빨라지고 손짓이 분주해졌다. 열심히 설명하는데, 멀리서 땀복을 입은 청년이 빠른 속도로 달려왔다. 방향과 속도로 볼 때 옆 구르기로 이동하는 산호초와 곧 부딪칠 것 같았다.

"어어! 부딪친다!"

청년은 귀에 꽂은 이어폰 볼륨을 최대치로 올려놔서 은호의 목소리를 듣지 못했다. 달려온 청년의 발이 허공에 슈웅 교차해서 뜬 순간, 산호초가 엄청 빠르게 옆 구르기를 해서 오른쪽으로 이동했다. 은호는 안도의 숨을 내쉬었다.

아빠가 땀에 젖은 은호 머리칼을 귀 뒤로 넘겨 주며 물었다. 방금 무슨 일이 있었던 거냐고.

"저 형이 키가 작은 분홍 나무랑 부딪칠 뻔했어! 근데, 분홍 나무가 옆으로 굴러서 잘 피했어! 내 말을 들었나 봐."

흥분해서 은호 목소리가 높아지자, 운동 기구에 매달려 있던

몇몇이 고개를 돌려 쳐다보았다. 은호는 손가락을 위로 뻗어 하늘을 가리켰다. 작고 붉은 것들이 무리를 지어 왼쪽에서 오른쪽으로 가로지르고, 그 뒤로 물방울 수천 개가 꼬리처럼 이어지고 있었다. 지난 두 달 동안 은호가 일상에서 매일 보던 것들이다. 잠잘 때 빼고 언제 어디서나 매일매일. 밤이면 그것들은 어둠 속에서 빛을 뿜으며 더 선명해졌다.

오늘은 특별한 손님도 보였다. 까만 턱시도를 입은 듯한 작은 신사가 동쪽 분수대 쪽에서 뒤뚱뒤뚱 걸어왔다. 귀 부분이 노란 펭귄 다섯이 춤을 추듯 흐느적거리는 해파리 다리 하나를 풍선 줄처럼 쥐고서 은호 옆으로 걸어갔다.

맨 뒤에서 뚱땅거리며 걷던 아기 펭귄은 부리를 벌리고 딴 데를 보다가 그만 해파리 다리를 놓쳐 버렸다. 그 즉시 해파리가 "나는 자유다!" 외치듯 몸을 접었다 펴며 쌩, 하늘 위로 가 버렸다. 아기 펭귄은 분한 듯 부리를 딱딱거렸다. 도망친 해파리를 잡으려고 짧은 다리를 한껏 구부렸다가 쫙 펴서 공중으로 날아올랐다. 물속을 헤엄치는 것처럼, 엄청 빠르고 유연하게 도망간 해파리 뒤를 아기 펭귄이 쫓아갔다.

바통 터치를 하듯, 해파리와 펭귄이 멀어져 간 곳에서 다른 생명체들이 두둥실 부유하며 천천히 은호 쪽으로 다가왔다. 투명하면서 적갈색 빛을 은은히 자랑하는 해삼의 모습에 감탄한 것도 잠시, 해삼 무리 뒤로 거대한 무엇이 오는 게 느껴졌다. 고래였다.

쿠아아. 수면 위로 튀어 오르듯, 거대한 허파가 불시에 뿜는 웅장한 소리에 은호는 몸이 움찔했다. 조금 놀라긴 했지만, 무섭기보다는 장엄했고 또한 아름다웠다. 고래가 입을 벌리고 몸을 비틀어 휘젓자, 그 주위로 하얀 거품이 일면서 작고 붉은 것들이 위로 떠올랐다.

은호의 설명을 듣고 아빠는 그것이 크릴새우이리라 짐작했다. 지난 두 달 동안 아빠는 전 세계에서 가장 건조한 지역으로 손꼽는 지역으로 출장을 갔다. 건조한 대기 때문에 잠을 뒤척일 때면 태블릿 패드로 바닷속 풍경을 찾아보곤 했다.

은호가 보는 것들은 출장 중에 아빠가 찾아본 것들과 비슷했다. 삿갓조개, 산호초, 황제펭귄, 해파리, 해삼, 대왕고래 등 각각에게 맞는 이름이 있었지만, 은호는 이름도 모른 채 제가 보는 색색깔의 풍경과 형상을 쉬지 않고 열심히 묘사했다. 혹시 그사이 해양 다큐라도 본 걸까. 아니면 상상력이 풍부한 은호의 꿈이 빚어낸 환상일까. 은호는 고개를 젖혀 위를 보았고, 아빠는 오직 은호만 보았다.

장기 출장 중에 유독 잠이 오지 않는 밤이면, 아빠는 홀로 밖으로 나가 밤하늘을 올려다보곤 했다. 이따금 작은 국자 모양으로 생긴 일곱 개 별이 하늘에 깨처럼 콕콕 박혀 있는 모습을 발견했다. 별을 볼 수 없는 곳에서 마주하는 작은곰자리에 아빠는 가슴이 먹먹해졌다. 한국에 있는 아들이 사무치게 그리워서. 은호는 다섯 살 때부터 〈곰 세 마리〉 노래를 유난히 좋아했다. 그 노래에서 은호 위치는 당연히 언제나 아기 곰이었다. 아빠는 아기 곰을 누구보다 사랑했다.

지금 은호는 자신이 보는 것을 드디어 함께 나눌 수 있다는 생각에 신이 나서 눈에 보이는 모든 것을 이야기했다. 목소리가 커지고 손짓이 요란해질수록 사람들의 의아해하는 시선과 수군대는 말이 늘어 갔다. 은호도 그 사실을 알고 있었다. 그래서 그것들을 떨쳐 내려고 엄마가 어릴 때 가지고 놀던 퍼즐에 온종일 매달린 것이다.

잠시 후, 아빠가 격앙된 목소리로 물었다.

"진짜로 그게 보여? 다?"

'진짜'냐는 물음에 은호는 입을 다물었다. 아빠도 다른 사람들과 똑같다고 생각했다. 은호는 울음이 터지려는 것을 참으며 말했다.

"안 보여. 내가 다 거짓말한 거야."

눈물을 감추려고 은호는 몸을 돌려 무작정 뛰었다. 아빠는 은호를 부르며 뛰어갔다. 손을 놓친 지 몇 초 되지도 않았는데, 은호는 벌써 공원 밖으로 나갔다. 아빠는 바로 뒤쫓았지만 트랙을 따라 달리던 어떤 청년과 부딪치면서 몇 초를 흘려 버렸다. 눈이 도로 쪽으로 향했다. 근처 공사장에서 나온 화물 트럭이 은호가 달려가는 도로 쪽으로 가고 있었다. 아빠는 이를 악물고 뛰었다. 눈물로 시야가 얼룩져 앞도 보지 않고 무작정 달리던 은호가 도로로 한 발 내딛는 순간, 아빠가 뒤에서 잡았다.

화물 트럭 운전자는 은호와 부딪치기 직전 급하게 핸들을 옆으로 꺾었다. 뒤에 실은 얼음덩어리들이 도로에 떨어지며 부서졌다. 트럭 운전사는 도로로 뛰어든 둘을 향해 경적을 크게 울렸다.

아빠가 거친 숨을 내쉬며 은호를 안고 일어서려는 순간, 뒤쪽에서 규정 속도를 어기고 빠르게 달려오던 중형차가 바닥에 흩어진 얼음덩어리들에 미끄러졌다. 행인들의 비명이 단말마처럼 이어졌다.

경찰의 연락을 받고 엄마가 달려왔다. 아빠가 충격을 온몸으로 받으며 감싸 안아 은호는 찰과상에 그쳤지만, 아빠는 바로 중환자실로 옮겨졌다. 엄마는 아빠 옆을 한시도 떠나지 않았다. 동네 지하상가에서 혼자 운영하던 작은 카페는 기약 없이 문을 닫았다.

지방에서 서울로 급히 올라온 외삼촌은 병원보다 먼저 집으로 갔다. 이사했으니 한번 놀러 오라고 해도 도시는 싫다며 한사코 거절하던 외삼촌은 은호가 집에 혼자 있다는 말을 듣고 주저 없이 서울행 고속버스를 탔다. 문자로 전달받은 비밀번호를 누르고 집으로 들어갔다.

문을 열자마자 맨 먼저 마주한 것은 거실 바닥에 가득한 퍼즐 조각들이었다. 흩어진 퍼즐 조각만 보고도 바로 알아차렸다. 누나가 중학교 입학하던 해에 자신이 직접 만들어서 생일 선물로 준 것이었다. 밤마다 다툼이 끊이지 않던 부모와 달리 남매는 우애가 좋았다.

외삼촌이 어릴 때 그린 그림들은 외할아버지가 모두 불태워 남은 게 없었다. 오래전 그 일이 상처가 되어 더는 그림을 그리지 않은 지 오래였다. 외삼촌은 뜻밖에 마주한 옛 유물을 묵묵히 내려다보았다. 한참 뒤 흩어진 퍼즐 조각을 그러모아 상자에 담았다.

은호는 안방 침대에 누워 있었다. 아침 일찍 엄마가 이불을 덮어 주고 나갈 때 모습 그대로였다. 잠이 오진 않았지만, 눈을 뜰 자신이 없었다. 벽을 뚫고 쑤욱 머리를 디밀며 안방으로 들어온 대왕고래가 은호 주위를 걱정스레 맴돌며 소리를 냈다. 은호는 고래 특유의 소리에 실눈을 뜨고 그쪽을 바라보았다. 대왕고래가 몸을 뒤집고 지느러미를 흔들며 다가오자, 은호는 고래에게서 등을 돌리고 눈을 꽉 감았다.

잠시 후, 은호는 이마를 스치는 손길에 흠칫 놀라 눈을 번쩍 떴다. 다급하게 고개를 돌려 봤지만…… 아빠가 아니었다. 방으로 들어온 외삼촌이 땀에 젖은 은호의 머리칼을 넘겨 주었다. 은호는 실망감을 감추느라 고개를 돌렸다. 열린 방문 앞에는 도망간 해파리를 잡아 온 아기 펭귄이 은호를 바라보고 있었다. 은호는 이불 속으로 숨어 버렸다.

아빠는 중환자실에서 한 달을 넘기지 못했다.

추적추적 비가 내리던 날 장례식이 치러졌다. 은호는 그날 이후로 마음이 꽁꽁 얼어 버려 아무하고도 눈을 마주치지 않았다. 엄마는 장례식이 끝나자마자 도시를 떠나야겠다고 결심했다. 엄마는 은호와 함께 산으로 갔다.

그 뒤로 8년이 흘렀다.

1

산의 아침은 도시보다 일찍 찾아온다.

오늘도 부엌 쪽에서 들려오는 우당탕 소리가 모닝 알람을 대신했다. 침대에 누운 채 은호는 엄마가 다람쥐 같다고 생각했다. 엄마는 하루를 42시간 사는 것처럼 여기저기 분주히 오갔다. 엄마가 지나가는 길마다 뚝딱뚝딱 소리가 꼬리처럼 따라다녔다.

이따금 은호는 궁금했다. 이럴 거면 왜 산으로 들어왔는지. 보통은 바쁘고 시끄러운 도시를 피해 느릿느릿 고요하게 살고 싶어 산을 택한다던데. 생각에 잠긴 사이, 소리가 더 커졌다. 얼른 일어나서 밖으로 나와 봐 주길 바라는 마음이 소리에서 고스란히 느껴졌다.

은호는 목까지 이불을 덮고 멀뚱히 천장을 보며 생각했다. 오늘은 기필코 천장에 오밀조밀 붙은 빛바랜 야광별 스티커 좀 떼어야겠다고. 열다섯 소년이 감당하기에 야광별은 너무 오글거렸다. 하지만 그건 생각뿐, 몸은 여전히 침대에 딱 붙어 있었다.
 벌컥 문을 열고 덩치 큰 좀비가 방으로 들어왔다. 눈도 뜨지 않은 채 어슬렁어슬렁. 은호는 자는 척 급하게 눈을 감았지만, 힘이 좋은 그는 이불 끝을 잡고 빼더니 침대 주인을 단숨에 굴려 버렸다. 은호는 훌러덩 바닥에 내동댕이쳐졌다.
 "네가 좀 가."
 외삼촌을 몸싸움으로 이기는 건 쉽지 않았다. 은호가 주니어 플라이급이라면 외삼촌은 슈퍼 헤비급이었다. 체급 차이는 남자들 사이에서 아주 중요한 문제였다.
 "밥 다 됐다! 이제 숟가락만 놓으면 되겠네!"
 문 너머로 들려온 엄마의 목소리는 활기찼다. 혼잣말의 탈을 쓴 명령에 은호가 마지못해 움직였다. 중문을 열고 식당으로 나가 보니, 엄마가 창가 쪽 테이블로 반찬 그릇을 옮기고 있었다. 은호는 말없이 숟가락 세 개와 젓가락 여섯 개를 챙겼다.
 "좋은 꿈 꿨어? 어젯밤에 안개가 없어서 별 엄청 예뻤는데."
 엄마는 짐짓 명랑하게 인사를 건넸지만, 과묵한 열다섯 아들에게서 대답을 듣기란 하늘의 별 따기만큼 어려웠다. 그래도 전과 달리 같이 아침 먹으러 나온 게 대견하다고 위안 삼았다. 엄마는 튀김 온도를 확인하며 씩씩하게 말했다.

"가서 달걀 세 개만 꺼내 올래?"

은호는 밖으로 나가 별채 뒤쪽 닭장으로 향했다. 일찍 일어난 닭들이 아침을 먹고 있었다. 줄을 매달아 만든 그네식 모이통에 사료를 한 바가지 부어 모이와 달걀 세 개를 교환한 뒤 다시 산장으로 뛰었다. 부엌 개수대에서는 외삼촌이 입이 댓 발 나온 채 찬물로 채소를 씻고 있었다. 외삼촌은 일찍 일어나는 새가 피곤하다는 얼굴로 봄에 꽃이 피듯 천—천—히 움직였다.

"젊은 애가 왜 그렇게 느려. 빨리빨리 좀 움직여."

"누나, 나 올해 마흔하나야. 공식적으로 늙어 가는 중이라고."

"자랑이다 아주."

테이블 위에는 그릇들이 가득 차 있었다. 밥, 된장찌개, 오이, 쌈장, 달래무침, 김치, 쑥 튀김, 양념간장, 초장, 계란말이, 콩나물무침. 엄마는 화룡점정으로 새벽녘에 딴 샛노란 수선화를 쑥 튀김 옆에 살포시 놓아 예쁘게 꾸몄다.

"쑥이 어려서 튀김으로 했는데, 좀 더 자라면 쑥떡 해 먹으면 맛있겠다. 그치?"

은호는 가타부타 대답 없이 밥만 먹었다. 외삼촌은 '또 나한테 시키겠구나.' 하는 얼굴로 한숨을 쉬었다. 쑥떡에는 쑥이 엄청나게 많이 필요했고, 엄마는 산장지기답게 손이 컸다. 서울에서 작은 카페를 운영할 때도 손이 큰 탓에, 단골은 많았지만 매달 적자였다.

지리산 웅포골에서 별밤산장을 운영하는 엄마는 근방에서 모르는 사람이 없을 만큼 유명했다. 별밤 주인, 산장지기, 이모, 아줌마, 저기요 등 여러 이름으로 불렸는데, 그중에서 꽃처녀라는 별명을 제일 좋아했다.

"벌써 흰머리가 나기 시작했는데, 웅포 슈퍼 할머니가 글쎄 나더러 꽃처녀 같대. 홍홍."

"그거 욕이야."

외삼촌은 달래무침을 밥 위에 얹으며 거침없이 말했다. 옛날부터 머리에 꽃 꽂은 여자를 그렇게들 돌려 말하는 거라며, 외삼촌은 엄마 귀 뒤에 살포시 꽂힌 수선화를 쏘아보았다. 꼭두새벽부터 찬물에 손 담그게 한 것에 대한 소심한 복수였다.

"네가 뭘 모르나 본데, 누나가 이래 봬도 이 웅포골에서 제일 예쁘거든?"

"퍽이나. 그리고 웅포골 사람 다 합쳐 봤자 몇이나 된다고."

"이게 증말!"

엄마가 숟가락으로 이마를 때리려고 들자, 외삼촌은 쑥 튀김을 손으로 집어 먹으며 급히 일어났다. 은호는 아차 하는 사이 선수를 빼앗겼다. 외삼촌이 이 닦으러 간다며 자리를 뜨자, 엄마의 관심은 은호에게만 쏟아졌다. 은호 앞으로 반찬 그릇을 옮기며 은근슬쩍 말을 걸었다.

"이따 오후에 엄마랑 읍내 내려갈래? 새로 오픈한 가게들이 아주……."

"잘 먹었습니다."

은호는 빈 그릇을 들고 개수대로 빠르게 걸었다. 평소에는 밥 먹을 때 빼고는 공부 핑계로 제 방에서 나오지 않았지만, 이제는 그럴 수가 없었다. 그저께 고졸 검정고시가 끝났기 때문이다. 은호는 옷을 갈아입고 엄마와 함께 밖으로 나갔다.

본채 뒤쪽에 크지 않은 표고 농장이 있었다. 미리 구멍을 뚫어 놓은 나무에 엄마와 함께 표고버섯 종균을 하나씩 넣어 씨를 심었다. 위쪽에는 해가 들지 않게 그늘막을 쳐 두었고, 그 아래로는 씨를 심은 나무들을 엑스자로 겹치게 세워 두었다. 좋은 나무에 종균을 넣고 날마다 들여다보면 이듬해에 맛있는 표고버섯이 나왔다. 그 후에는 작년에 심은 버섯을 따서 볕 좋은 곳에 말렸다. 버섯은 말리면 향이 더 좋았다. 이렇게 표고버섯을 수확해 1년 내내 먹었다. 겨울 양식으로도 먹고, 손님이 오면 표고 국을 끓여서 내거나 가끔은 내다 팔기도 하고.

"은호야, 별밤산장 블로그 좀 꾸며 줄래? 아무리 들여다봐도 너무 어려워서."

엄마는 세상의 모든 전자 기기와 사이가 좋지 않았다. 얼마 전엔 시내에 나갔다가 키오스크 주문에 쩔쩔맸다며 외삼촌이 엄마를 놀렸다. 은호가 알겠다고 하자, 엄마는 신이 난 목소리로 화면 전체에 별이 눈처럼 내리게 장식해 줄 수 있느냐, 아니면 산장에서 보는 별이 예쁘니까 밤하늘 사진을 가운데 크게 보이게 하면 어떻겠느냐며 쉴 새 없이 아이디어를 말했다. 별 이야기를 할 때면 엄마는 아이처럼 눈이 초롱초롱해졌다.

표고 농장 일이 끝나자마자 은호는 엄마의 수다에서 도망치듯 곧장 뒤채로 향했다. 별밤산장 집은 모두 다섯 채였다. 8년 전 엄마가 은호를 데리고 올라올 때만 해도 한 칸이었던 집은 해가 갈수록 점점 품이 넓어지고 늘어 갔다. 본채는 전문가들과 함께 완성했지만, 나머지 별채들은 엄마와 외삼촌이 나무와 흙으로 직접 지었다.

외삼촌은 지붕 위에서 나무판자를 드릴로 박고 있었다. 외삼촌도 엄마 못지않게 몹시 바빴다. 은호는 마당에서 썩은 나무판자를 한쪽으로 치우며 물었다.

"맨날 고치는 거 귀찮지 않아요?"

"원래 옛날 집들은 망치 소리 끊일 날이 없는 법이야. 소리가 끊어지면 무너진다잖아."

외삼촌은 커피 믹스를 보약처럼 들이켜고는 벽난로의 갈라진 틈을 메우기 위해 황토를 물에 갰다. 집 단장에 안팎으로 부지런한 모습에서, 바위틈 사이로 빠끔 고개를 내민 산철쭉의 분홍빛에서 어느새 봄이 다가왔다는 게 느껴졌다.

  도시에서는 달력을 보고 계절을 짐작했다면, 산에서는 지천으로 핀 꽃과 새로 잎이 돋은 나무가 뿜어내는 공기를 통해 계절이 오가는 게 오롯이 느껴졌다. 바깥 기온 또한 하루가 다르게 올라갔다. 해가 머리 위에 오는 한낮이면 햇볕도 바람도 한결 따스했다. 겨울잠 자는 곰이 깨어나는 봄이 성큼 오고 있었다.

2

 "곰? 까짓것, 아무것도 아니야!"

 식당 쪽에서 걸걸한 목소리가 들려왔다. 외삼촌과 은호는 손을 멈추고 본채 쪽을 돌아보았다. 반갑지 않은 손님이었다. 외삼촌이 목장갑을 벗으면서 본채로 갔다. 장씨 할아버지가 침을 튀기며 열변을 토하고 있었고, 엄마는 미간에 골이 깊게 팬 채 나물을 다듬고 있었다.

 장씨 할아버지는 자리끼마저 술이라는 소문이 있을 만큼 항상 술을 입에 달고 살았다. 깡마른 몸에 얼굴은 성냥불처럼 붉었다.

 장씨 할아버지가 트림을 꺼억 하고는 뒤 말을 이었다.

 "내가! 웅포골에 들어왔을 때만 해도! 곰이 천지삐까리였어.

고놈들을 이 감자로 잡았지!"

 장씨 할아버지가 앉은 테이블에 술은 보이지 않았다. 별밤산장에서는 술을 팔지 않았다. 8년 전 공원 앞 도로에서 아빠를 덮친 중형차 운전자는 근처 식당에서 술을 마시고 나온 길이었다. 산장에서 술을 금지하는 이유는 오직 엄마와 외삼촌만 알고 있었다. 사고 이후로 은호가 아빠 이야기 하는 것을 한사코 피했기 때문이다. 엄마는 그동안 은호에게 하지 못한 이야기가 가슴에 켜켜이 쌓여 있었다. 가슴 언저리가 뻐근해지는 기분에 사로잡힐 때면 엄마는 더 바쁘게 몸을 움직였다.

 "해 지기 전에 얼른 내려가셔야겠네. 종민이, 이제까지 모셔다 드려."

 "은호네가 뭘 모르는구먼. 해 지려면 한참 멀었는데. 어디까지 얘기했더라? 지금은 웅담이 똥값이지만 옛날엔 최소 2천, 많게는 2억도 받았어. 한 마리 잡으면 집 한 채 뚝딱 사는 거지. 내가 말이야, 지금은 게딱지만 한 농장에 매여 있지만, 그때는 어! 달랐거든!"

 "어르신, 남은 반찬 싸 드릴게요."

 "곰 새끼들이 뭐라고. 그게 다 잡으면 돈인데, 나라에서 돈이 남아돌지 아주! 쌩돈 들여 가며 그것들을 복원하네 마네 설치고 말이야."

장씨 할아버지 말이 길어질수록 외삼촌 얼굴이 빗금을 그은 듯 어두워졌다. 은호도 엄마처럼 장씨 할아버지가 껄끄러웠지만, 점퍼 지퍼를 목 끝까지 올리며 말했다.

"제가 장씨 할아버지 모셔다 드릴게요."

"고집만큼 힘도 세셔서 내가 모셔다 드려야 해."

외삼촌이 장씨 할아버지를 부축해서 나가자마자, 엄마가 테이블을 치우며 구시렁댔다.

"농장에 전염병 퍼진 게 우리 탓이야? 종민이 들으라고 한 번씩 와서는 속을 헤집고, 어휴."

외삼촌은 십수 년 전 야생곰 복원 사업팀에서 일했다. 의욕만 넘쳤던 그때, 외삼촌은 반달가슴곰을 제 새끼처럼 예뻐했다. 먹을 것도 가장 좋은 것만 주고, 곰을 볼 때마다 다정하게 말도 걸었다. 그때는 사람들이 모두 곰을 아끼는 마음에 반려동물을 대하듯 곰을 예뻐했다.

관광객들 또한 다 자라도 키가 130센티미터 남짓한 반달가슴곰을 귀엽다고 생각했다. 멸종된 곰이 다시 산에 나타나자 가져온 먹을거리를 너도나도 건넸다. 곰에 관한 지식이 전혀 없어서 벌어진 일이었다. 결국 초반에 방사한 곰은 자립하지 못해 캠핑장까지 내려와 먹이를 구걸하고, 근처 양봉장에 가서 꿀을 훔쳐 먹어 수억 원의 피해를 냈다.

인간과 거리 두기에 실패한 곰들은 계류장 철장에서 평생 사육당하는 신세가 되었다. 대가는 혹독했다. 곰들에게도 그리고 곰을 예뻐한 외삼촌에게도. 그 후 외삼촌은 계류장에서 적응에 실패한 곰을 전담하면서부터 날이 갈수록 말수가 줄었다. 이십대 초반에 동물원 사육사를 그만둔 이유도 우리에 갇힌 동물들을 보는 게 힘에 부쳤기 때문이었다.

그즈음 엄마가 은호를 데리고 지리산으로 왔다. 외삼촌은 별밤산장 일을 도와야 한다며 복원 사업팀에 사직서를 냈다. 그 뒤로 외삼촌은 곰을 본 적이 없었다. 별밤산장은 곰이 활동하는 지역에서 멀리 떨어져 있었다.

언덕 아래쪽에서 장씨 할아버지가 혼자 갈 수 있으니 손 치우라고 버럭버럭하는 소리가 식당 안까지 들렸다. 은호는 테이블을 닦던 행주를 놓고 밖으로 나갔다. 외삼촌과 장씨 할아버지를 금방 따라잡을 줄 알았는데, 막상 어디로 가야 할지 알 수 없었다. 산 밑으로 내려가는 길은 여러 갈래였다. 나무 사이로 새가 우는 소리와 언덕 너머로 개 짖는 소리만 들렸다.

은호는 두 사람의 발자국을 찾아 땅만 보고 걸었다. 한참 걷다가 걸음을 멈추었다. 도장을 찍듯 흙바닥에 꾹 눌러 놓은 자국이 눈에 띄었다. 얼마 전 뉴스에 나온 곰 발자국과 비슷해 보였다.

"……아니겠지."

말은 이렇게 했지만 심장이 마구 뛰었다. 그런데 가만 보니, 발자국이 좀 이상했다. 오솔길에 딱 그것 하나만 선명하게 찍혀 있었다. 마치 누가 장난쳐 놓은 것처럼. 어쩌면 장씨 할아버지가 한 짓일지도 모른다는 생각이 들자, 은호는 운동화 앞코로 발자국을 쓱 지워 버렸다.

그런데 그때였다. 불현듯 뒷목을 간질이는 게 꼭 누가 멀리서 지켜보는 듯한 느낌이 들었다. 휙 몸을 돌려 뒤쪽을 살폈지만, 특별히 눈에 띄는 것은 없었다.

"잘못 봤나."

그 뒤로 은호가 한참을 찾았지만 길이 엇갈렸는지 외삼촌과 장씨 할아버지는 보이지 않았다. 하는 수 없이 은호는 산장으로 발길을 돌렸다.

식당 문을 열자, 뜻밖에도 외삼촌과 엄마가 심각한 얼굴로 마주 앉아 있었다. 테이블 위에는 수면제 봉지가 놓여 있었다.

"내 방 뒤진 거야?"

"지금 그게 중요해? 이거 엄마가 한참 전에 처방받은 건데, 도대체 언제부터 먹었어?"

은호는 말없이 시선을 내리깔았다.

"엄마는 네가 아빠 닮아서 초저녁잠이 많은 줄로만 알았지,

이렇게 약 먹어서 자는 줄은 꿈에도 몰랐어. 은호야, 이리 앉아 봐. 엄마랑 얘기 좀 하자."

은호는 아빠 얘기만 나오면 신경이 곤두섰다. 아빠와의 마지막 순간이 떠오를 때마다 가슴이 찢어지는 것 같았다. 주먹을 꼭 쥔 채 고개를 옆으로 돌려 보니, 창밖으로 해가 지고 있었다. 골짜기라 산 그림자가 져서 별밤산장에는 밤이 일찌감치 찾아왔다. 은호는 밤이 싫었다.

산으로 이사 온 뒤에 은호는 환상을 본 적이 없지만, 긴장을 놓을 수는 없었다. 언제 다시 시작될지 모르니까. 그래서 밤에 깨어 있는 걸 어떡하든 피하고 싶어서 엄미 약봉지에 손을 낸 것이었다. 엄마에게는 '환상이 두려워서' 그런 거라고 차마 이야기할 수 없었다. 은호는 이 산에서만큼은 남들처럼 평범한 열다섯이고 싶었다.

"은호야, 너 혹시 옛날처럼……."

"싫어. …… 얘기해라. 다 들어 주겠다. 뭐든 말해라. 다 싫다고. 얘기한다고 달라지는 건 없어. 그러니까, 얘기 좀 그만해."

은호는 발을 쿵쾅거리며 방으로 들어가 문을 닫아걸었다. 고래고래 소리를 지르고 싶은 충동과 아무 소리도 내고 싶지 않은 수렁 사이에서 허우적거리다, 마침내 침묵을 택했다. 산에 소리를 남기면 영원히 메아리칠 것만 같았다.

3

 은호는 밤새 잠을 설치다 주위가 밝아 올 때쯤 창 쪽으로 돌아누웠다.
 이른 새벽, 유리창에 서리가 피어 있었다. 가운데부터 꽃무늬를 그리며 퍼져 나간 모습에서 눈을 떼지 못했다. 봄인 줄 알았는데, 산골엔 아직이었나.
 거실로 나오니 엄마 방문은 닫혀 있고 부엌은 조용했다. 패딩 조끼를 껴입고 식당 쪽으로 발을 옮겼다. 나무를 때는 옛날 난로 위에 돌멩이들이 올려져 있었다. 돌멩이들마다 매직으로 끄적인 흔적이 도드라졌다. 눈 코 입이 박힌 불꽃이 달걀 껍데기를 아작아작 씹는 모습은 외삼촌이 그린 거고, '앗! 뜨거'라고 적힌 건 엄마 솜씨였다. 은호는 핫팩 대신 온기가 남은 돌멩이를 챙겨서 조끼 주머니에 넣었다.

　마당에서 와장창 소리가 들려 나가 보니, 외삼촌이 난감한 표정으로 뒤통수를 쓸어내리고 있었다. 덤벙대다 또 장독 뚜껑을 깨 먹은 것이다. 외삼촌이 빗자루와 쓰레받기를 챙기는 동안 은호는 큰 조각들을 치웠다. 이른 아침부터 시끄러우니 나와 볼 법도 한데 안쪽이 조용했다.

　"엄마 어디 갔어요?"

　"뿔나면 한 번씩 읍내 내려가잖아. 오늘 예약 손님도 따로 없어서 박씨 아주머니네서 자고 온대. …… 근데, 어제는 나 걱정돼서 뒤따라 나왔었니?"

　은호는 고개를 짧게 끄덕였다. 저번처럼 외삼촌이 장씨 할아버지 부축하다가 크게 넘어질까 봐 뒤따라간 것이었다. 외삼촌은 은호 머리카락을 흩뜨린 후, 장독 위에 랩을 씌웠다.

　"뚜껑도 살 겸 차로 읍내 내려갈 건데, 같이 갈래?"

　외삼촌은 틈만 나면 은호에게 나가자고 권했다. 검정고시 공부한다는 핑계로 산에 틀어박힌 은호를 밖으로 끌어내 세상을 보여 주고 싶은 것이다.

　그러나 은호는 모든 것을 거부했다. 얘기하는 거, 밖으로 나가는 거, 밤에 깨어 있는 거, 사람들과 친해지는 거. 다 싫었다. 평생 산을 성벽처럼 두르고 이 안에 숨고 싶었다.

"엄마 또 밭에 일하러 간 거죠?"

"아니야. 작년 가을에 손목 수술까지 했잖아. 오랜만에 수다 떤다고 갔어."

외삼촌은 아니라고 했지만, 엄마는 또 몇만 원 벌겠다고 농가에 내려간 게 분명했다. 은호는 엄마가 몸 상해 가면서까지 쉬지 않고 일하는 게 싫었다. 어제 엄마가 어쩌다 수면제를 발견했는지 알 것 같았다. 팔다리가 쑤셔서 진통제 찾으려고 상자를 열었다가 수면제 약봉지가 줄어든 사실을 눈치챈 것이다.

은호는 발끝으로 흙을 차며 불퉁거렸다.

"엄마한테 가서 말해요. 난 절대 아빠처럼 유학 안 간다고. 하고 싶은 것도 없는데, 진짜 왜 그러는 거래요!"

"나한테 이러지 말고 엄마한테 직접 말해."

은호는 공부 욕심이 없었다. 검정고시를 준비하는 이유는 고등학교 졸업장은 있어야 한다는데 학교 다니기는 싫어, 마지못해 하는 것뿐이었다. 그런 줄도 모르고 친할아버지와 친할머니는 자꾸 엄마에게 은호를 당신들이 있는 미국으로 보내라고 했다. 은호가 지 애비를 닮아 영특한 것 같으니 산 구석에 썩혀 둬서는 안 된다며.

엄마는 억지로 아이 등 떠밀고 싶지 않다면서 그 제안을 단호히 거절했다. 그렇게 일이 마무리된 줄 알았는데, 엄마는 왜 자꾸 일을 만드는 걸까. 터놓고 얘기해 보진 않았지만, 은호는 엄마도 내심 자신을 유학 보내고 싶은 거라고 여겼다. 결혼할 때 반대가 극심했던 친할아버지의 원조를 받는 게 싫을 뿐. 은호는 엄마가 억척스레 일하는 게 싫었다. 자기를 이 산에서 쫓아내려는 것만 같아서.

"삼촌이 엄마한테 말해 줘요. 난 미국이든 어디든 다 싫다고."

"그렇다고 여길 좋아하는 것도 아니잖아. 넌 그냥 산에 숨어 있는 거잖아."

은호는 아무 대꾸도 하지 않았다.

"네 엄마도 나도 산장 일에 매달리느라 네가 어떤지 들여다보지 못했어. 더 일찍 눈치챘어야 했는데. 말 나온 김에 물어보자. 마음에 걸리는 게 뭔데? 대체 뭐가 두려운 거야?"

은호는 바닥으로 눈을 내린 뒤 입을 꾹 다물었다. 외삼촌은 짧게 한숨을 내쉬고는 필요한 것들을 주섬주섬 차 뒷좌석에 실었다.

"몇 시간 동안 주변에 아무도 없을 테니, 음악도 크게 틀고 너 혼자 하고 싶은 거 다 해."

주변에 아무도 없다는 말에 은호는 문득 어제 본 게 떠올랐다.

"어제 저쪽 길에서 이상한 발자국을 봤어요. 생긴 게 꼭 곰 발자국 같았는데, 확실친 않아요."

 반달가슴곰 복원 사업이 자리 잡아 개체 수가 늘어서 곰의 서식지가 넓어졌다는 뉴스가 가끔 나왔다. 야생성을 회복한 곰들은 도로나 등산로 주변 1킬로미터 안까지는 접근하지 않았지만, 사람들이 색다른 경치를 찾아 곰의 영역인 비법정 탐방로로 함부로 들어가는 일이 잦아지면서 곰과 인간의 거리 두기는 오히려 아슬아슬한 상태였다.

 "흠, 오늘 어디 멀리 나가지 말고 문단속하고 집에 있어. 삼촌이 더 알아보고 연락해 줄게."

 "올 때 엄마 태워서 같이 오면 안 돼요? 엄마 겁쟁이잖아요."

 "걱정하지 마. 엄마 혼자 산에 오르게 하는 일 없을 거야. 근데, 진짜 같이 안 내려갈래?"

 "집에 있을래요."

 "그래, 그럼. 혹시라도 곰과 마주치면 하지 말아야 할 세 가지 원칙 알지? 읊어 봐."

 "등 돌리지 말기, 눈 돌리지 말기, 큰 소리 내지 말기."

 "귀엽게 생겼다고 함부로 접근하면 절대 안 돼. 곰은 곰이야."

 외삼촌은 주위를 꼼꼼하게 확인한 뒤 차를 몰고 내려갔다.

 오랜만에 산장에 혼자 남은 은호는 방으로 들어갔다. 침대에 누워 아무것도 하지 않을 생각이었다. 그런데 외삼촌이 한 말이

가슴에 도깨비바늘처럼 콱 걸려 빠지지 않았다.

  '넌 그냥 산에 숨어 있는 거잖아.'

  맞지만 인정하고 싶지 않았다. 그 말이 틀렸다는 걸 증명하기 위해 은호는 밖으로 나갔다.

4

 겁은 나지 않았다. 지금은 해가 밝은 낮이니까.

 은호가 밤을 싫어하는 이유는 고래, 산호초, 펭귄, 해파리, 해삼 같은 것들 때문이었다. 그것들은 밤이 되면 오로라를 몸에 두른 것처럼 몸 가장자리가 쨍하게 밝은 녹색으로 빛났다.

 검색해 보니, 오로라는 우주에서 지구로 들어오는 입자가 높은 대기의 기체와 충돌하면서 빛을 내는 현상으로 남반구와 북반구에서 주로 나타났다. 동경 127도, 북위 37도인 우리나라에서는 오로라를 볼 수 없었다. 남극의 오로라가 왜 한국에 나타나는 건지 알고 싶지도 않았다. 어차피 그것들은 모두 은호 눈에만 보이는 환상일 뿐이니까.

 펭귄이 해파리를 풍선처럼 쥐고, 고래가 함께 놀자며 손짓할까 봐 은호는 밤이면 절대 눈을 뜨지 않았다. 이상한 것을 본다는 사실을 조문객들에게 들킬까 봐, 아빠가 죽은 게 자기 때문이라는 사실을 엄마가 알게 될까 봐, 8년 전 은호는 장례식장에서 엄마 품에 얼굴을 묻고 눈을 꼭 감았다. 엄마는 아무것도 묻지 않고 은호 등을 토닥여 주었다.

산으로 이사 오던 날, 외삼촌과 엄마가 짐을 옮기는 동안 은호는 마당에서 항아리를 안고 있었다. 일곱 살 아이에게 항아리는 무거웠지만, 은호는 항아리를 바닥에 내려놓지 않았다. 꼿꼿하게 서서 제 머리 위로 비치는 햇살만 생각했다. 지금처럼.

그해 봄 내내 산에 틀어박혀 있다가 여름이 오자 엄마는 아빠 뼛가루가 담긴 항아리를 배낭에 챙겨서 은호와 함께 천왕봉으로 갔다. 바위가 많고 돌길 천지라 엄마는 서두르지 않았다. 은호에게 어린이 등산화까지 신기고 만반의 준비를 했지만, 언제 어디서든 사고가 날 수 있었다. 아빠가 먼저 떠난 뒤로 엄마는 사고는 누구에게나 일어날 수 있다는 것을 매 순간 가슴에 새겼다.

얼마 지나지 않아 은호가 발목을 접질렸다며 올라가기 싫다고 전에 없이 투정을 부렸다.

"은호야, 바로 저기야. 조금만 더 가면 돼. 엄마가 업어 줄까?"

"싫어. 안 갈래."

싫다는 아이를 억지로 데려갈 순 없었다. 엄마는 고민 끝에 아래가 훤히 내려다보이는 곳에서 항아리 뚜껑을 열었다. 은호는 엄마가 하라는 대로 한 움큼 크게 쥐어 꺼냈다.

"이제 손가락을 펴면 돼."

은호는 주먹을 꼭 쥐고 있었다. 머리 위로 비치는 해가 뜨거워지는데도 계속 버텼다. 시간이 한참 흐르자 엄마는 시계를 확인했다. 지금 출발해야 해가 지기 전에 산 아래 도착할 수 있었다. 엄마는 말없이 은호를 업었다. 엄마도 은호도 내내 소리 없이 눈물을 흘리고 있었다.

급한 일로 서울에 다녀온 외삼촌이 주차장에서 기다리고 있었다. 엄마는 주차장에 도착하자마자 다리가 풀렸고, 은호는 외삼촌을 보자 꺼이꺼이 목 놓아 울었다.

"무슨 일이야. 어디 다쳤어? 누나, 은호 왜 이래?"

내려오는 길에 주먹의 힘이 풀려 버린 걸 외삼촌을 보고 나서야 깨달은 것이다. 손에 남은 것이 아무것도 없었다. 엄마는 엉엉 우는 은호의 손바닥을 툭툭 털며 말했다.

"은호야, 오늘은 6월 2일이야. 다른 사람들은 뭐래도 은호는 오늘로 기억하는 거야. 알았지? 겨울도, 봄도 아니야. 여름이야."

그 후 해마다 6월 2일이면 엄마는 아빠를 추억하는 자리를 마련하고 아빠가 좋아한 음식들로 테이블을 가득 채웠다. 엄마는 은호가 아빠가 은호를 지키려다 사고가 난 겨울도, 병원에서 움직이지도 못한 채 누워 있던 봄도 아닌, 이 산에서 아빠를 훨훨 떠나보낸 여름을 마지막으로 기억하길 바랐다. 항아리에는 아직 보내지 못한 아빠가 남아 있었지만.

엄마의 바람과 달리 은호는 그럴 수 없었다. 은호는 여름이고 봄이고 겨울이고 다 싫었다. 도시도 싫었다. 차도 싫고 고래도 싫고 펭귄도 싫고 공원도 싫었다. 그리고 그 모든 것을 합친 것보다 저 자신이 제일 싫었다.

은호는 물어보면 대답하고, 부르면 밥 먹고, 공부도 꾸준히 했지만, 세상 모든 것과 일정한 거리를 두고 있었다. 세상이 지금 멸망한다고 해도 '아, 그렇구나' 하고 말 것처럼, 무엇에도 정을 주지 않았다. 문득, 외삼촌 말이 틀렸다는 걸 증명하려 애쓰는 것도 부질없게 느껴졌다.

"숨는 게 어때서. 그게 뭐."

그때였다. 별채 뒤쪽에서 우당탕 소리가 들렸다. 가끔 언덕 너머 집에서 키우는 개가 산장까지 올 때가 있었다. 엄마는 덩치 큰 개를 풀어놓는다고 싫어했지만, 개는 정말 순했다.

"쫑쫑이니?"

이름을 부르면 꼬리를 헬리콥터 날개처럼 돌리며 달려오는데, 오늘은 반응이 없었다. 우당탕 소리는 계속 들렸다. 들개일 수도 있다는 생각에 조심조심 별채 뒤쪽으로 갔다. 문이 열려 있었다. 외삼촌이 또 문을 열어 두고 간 건가.

별채 입구에 서서 손에 쥘 만한 게 없나 찾았다. 바닥에 널브러진 천문 망원경이 들어왔다. 은호가 노트북으로 오로라를 찾는 모습을 보고는 외삼촌이 특별히 택배로 주문한 것이었다. 망원경이 있든 없든 오로라는 여기선 절대 볼 수 없다는 은호의 말에 외삼촌은 머쓱한 표정을 지으면서, 그래도 비상금 털어서 산 거니까 가끔 하늘 좀 보라며 압력을 넣었다. 그러나 은호는 천문 망원경 쪽으로는 눈길도 주지 않았다.

자세히 살펴보니 천문 망원경 표면에 발톱 자국이 어지럽게 남아 있었다. 이것 때문에 우당탕 소리가 났나. 은호는 숨을 크게 들이마시고 천문 망원경을 방망이처럼 들었다. 길이가 짧아서 딱히 도움이 될 것 같진 않았지만, 그래도 없는 것보다는 나아 보였다.

자세를 낮추고 부엌 쪽으로 한 발 한 발 걸어갔다. 척추를 따라 땀이 쪼르르 흘렀다. 때려잡을 수 있으리라는 자신감도 없으면서 왜 소리 나는 쪽으로 가는 건지. 공포 영화에서 트롤짓 하는 주인공을 보면 멍청하다고 무시했는데, 지금 자신이 하는 짓이 그들과 똑같았다. 두려움과 호기심이 범벅이 되어 심장이 요란하게 뛰었다.

벽을 도는 순간, 은호는 얼굴을 일그러뜨렸다. 작은곰이 만세를 하듯 손을 번쩍 들고 서 있었다.

5

 작은곰은 꼼짝도 하지 않았다.

 누가 더 놀라고 충격받았는지 경쟁하는 것처럼 은호와 작은곰은 서로 마주 보고 선 채 움직이지 않았다. 은호는 작은곰의 귀 끝부분이 싱크대 하부장 상판에 닿을락 말락 하는 것으로 미루어 작은곰의 키가 1미터 남짓일 거라고 추측했다. 반면, 자신은 얼마 전에 키를 쟀을 때 171센티미터가 넘었다. 매일 부지런히 자라는 걸 생각하면, 열다섯에 나쁘지 않은 키라고 자부했다.

 겨우 1미터도 안 되는 작은곰 따위에게 너무 긴장했나 싶은 순간, 외삼촌이 해 준 말이 떠올랐다.

 "귀엽게 생겼다고 함부로 접근하면 절대 안 돼. 곰은 곰이야."

삼촌의 말을 되새기며 은호는 작은곰을 주시했다. 그런데 좀 이상했다. 뉴스에서 본 곰들은 귀에 노란 발신기가 달려 있었는데 이 녀석은 귀가 매끈했다. 산속 깊이 숨어 잡히지 않은 3세대 곰인가. 관리팀 눈에 띄지 않은 곰이라면 야생성이 강해서 사람을 경계할 텐데, 산 아래로 나풀나풀 내려왔다고? 나를 보고 공격하지도 않고?

은호는 곰과 마주치면 하지 말아야 할 세 가지를 되뇌었다. 곰은 본능적으로 쫓는 습성이 있으니, 눈을 주시하면서 도망갈 자세를 취하되 함부로 뛰어서는 안 된다. 또한 큰 소리를 내면 곰이 겁먹어서 먼저 공격할 가능성이 높았다.

'손을 계속 위로 들고 있는 걸 보니, 이 녀석도 나처럼 겁이 아주……. 어?'

은호는 기가 막혔다. 작은곰이 태연히 제 귀를 앞발로 만졌다. 아무리 귀가 간지러워도 그렇지! 내가 악명 높은 사냥꾼일지도 모르는데! 앞에 사람이 떡하니 무기까지 들고 있는데! 물론 겉면이 플라스틱 재질로 만들어진 천문 망원경일 뿐이지만, 그래도! 어떻게 이렇게 방심할 수가 있지? 은호는 자존심이 상했다. 몹시.

작은곰은 팔을 위로 든 김에 앞발을 휘저어 파리를 휘이휘이 쫓았다. 그러나 파리는 약 올리듯 귀 근처를 왔다 갔다 할 뿐 절대 잡히지 않았다. 곰이 파리한테 밀리다니……. 그 모습에 긴장이 풀린 은호는 슬금슬금 웃음이 비어져 나왔다.

파리가 느닷없이 방향을 바꿔 은호 쪽으로 날아왔다. 은호가 파리를 쫓으려고 천문 망원경을 쥔 팔을 움직이자, 작은곰은 몽둥이로 자기를 공격하는 줄 알았는지 다급히 몸을 움직였다. 그에 놀란 은호가 엉덩방아를 찧자마자 쿵 소리에 놀란 작은곰이 부리나케 달렸다. 은호는 엄마야 소리도 지르지 못하고 그 자리에서 눈만 질끈 감았다. 우다다 뛰는 발소리가 점점 멀어지더니, 잠시 뒤 정적 속에서 파리가 위이잉 움직이는 소리만 들렸다.

한참 후, 은호는 후들거리는 다리로 겨우 밖으로 나갔다.

"어디 간 거지……."

본채 쪽에서 전화벨이 힘차게 울렸다. 작은곰이 그 소리에 반응해서 달려오면 어쩌나 걱정했는데 벌써 멀리 가 버렸는지 한참이 지나도록 코빼기도 보이지 않았다. 은호는 본채로 들어가 창문과 문부터 꼼꼼히 닫았다.

전화를 받자마자 엄마 목소리가 이어졌다.

"전화를 왜 이렇게 늦게 받아. 휴대폰 꺼 놨던데, 집에 별일 없니?"

조금 전 있던 일을 말하려다가 이내 입을 닫았다. 곰이 별채에 들어왔다가 뛰쳐나갔다는 얘기를 하면 엄마가 당장 집으로 오겠다며 서두를 게 뻔했다. 그러다 곰이랑 마주치면? 산장까지 내려온 녀석이 조금 전에 마주친 그 작은곰 하나뿐일까? 곰이 더 있다면?

"없어."

단호하게 대답했다. 그런데 전화 건너편에서 웅성웅성 소리가 들렸다.

"어디야?"

"어, 그, 웅포 양봉장."

"왜 이렇게 주변이 시끄러워?"

"어, 텔레비전 소리. 저기, 엄마랑 외삼촌은 내일 올라갈 것 같은데, 혼자 괜찮겠어?"

"내일은 무슨. 며칠 있다 간다고 해, 일단 전화 끊어, 누나."

전화기에서 외삼촌 목소리가 들렸다. 은호는 한쪽 눈썹이 찌이익 올라갔다.

"옆에 외삼촌이야?"

"어어, 방금 만났어. …… 엄마가 이따 저녁에 또 전화할게."

"내가 애야? 됐어. 잘 놀다 와."

"누나, 전화는 이따 하고……."

외삼촌이 또 재촉하자, 엄마는 냉장고에 있는 반찬 잘 챙겨 먹으라고 한 뒤 서둘러 전화를 끊었다. 수다쟁이 엄마가 먼저 전화

끊는 일은 없는데, 좀 미심쩍었다.

꽤 오랜 시간이 지나 수화기를 내려놓고 나서야 깨달았다. 조금 전에 믿을 수 없을 만큼 엄청 가까운 거리에서 곰과 일대일로 마주했다는 것을.

그날 은호는 난생처음 곰을 보았다.

6

"벌써 멀리 도망쳤을 거야."

은호는 미어캣처럼 서서 밖을 내다보았다. 반달가슴곰은 먼저 공격하기 전에는 인간을 해치지 않는 순한 종에 속한다지만, 배가 고픈 곰은 다르지 않을까? 그나저나 먹을 것으로 치면 외삼촌이 지내는 별채보다 본채 식당 쪽에 훨씬 더 많은데, 왜 별채 쪽으로 갔던 거지?

호기심이 두려움보다 커졌다. 은호는 뒤꿈치를 들고 살금살금 별채 부엌으로 다시 갔다. 싱크대 안쪽을 보니 호기심이 바로 해결되었다.

"아, 진짜! 삼촌, 아우."

엄마가 양봉장에 가서 일을 돕고 햇꿀을 받아 오곤 했는데,

외삼촌은 기력 떨어질 땐 꿀이 보약이라며 아침마다 한 숟가락씩 챙겨 먹었다. 그리고는 꿀통 뚜껑을 닫지 않은 것이다. 또.

은호는 식탁 앞에 앉아 휴대폰을 충전하면서 검색했다. 꿀을 좋아하는 곰은 5킬로미터 떨어진 거리에서도 꿀 냄새를 맡을 수 있었다. 곰돌이 푸우가 꿀단지를 사랑하는 건 사실에 근거한 묘사였다.

더 검색하려는데, 가까운 곳에서 무슨 소리가 들렸다. 스릴러 규칙 1번, 범인은 현장에 다시 나타난다. 뒷골에 소름이 돋았다. 휴대폰을 무기로 쓰기에는 너무 작고 또 비쌌다. 은호는 왼손을 더듬더듬 조끼 주머니에 넣었다. 손에 묵직한 게 잡혔다. 난로 위에 있던 돌멩이였다.

뭘 찾으려고 뒤지는지 달그락거리는 소리는 심해졌다. 은호는 바로 몸을 돌려 소리가 나는 쪽을 향해 돌멩이를 던졌다. 쨍그랑! 부엌 창문이 깨졌다. 은호는 조준에는 젬병이었다. 그런데 바닥 쪽에서 긴 꼬리를 휘날리며 도망가는 쥐가 포착되었다. 한숨도 아까웠다.

쓰레받기와 빗자루로 깨진 유리를 치우고, 뚫린 창문은 박스를 접은 다음 테이프를 둘러서 막았다. 별채 문을 닫고 나오는데, 이번엔 본채 마당에서 달그락거리는 소리가 들렸다.

"이번엔 두더지인가? 동물의 왕국이야 뭐야."

툴툴대며 슬리퍼를 직직 끌고 걷다 우뚝 멈춰 섰다. 작은곰이 까치발을 하고 외삼촌이 뚜껑을 깬 장독 안을 들여다보고 있었다. 앞발로 푹 찌르자 랩이 뚫렸다. 작은곰은 그 안의 것을 한 입 먹어 보고는 우엑 소리를 내며 퉤퉤 뱉었다.

"그거 된장이라 엄청 짤 텐데."

은호가 눈살을 찌푸리며 한마디 하자 작은곰은 깜짝 놀라 뒷걸음질 쳤다.

"어? 뒤에, 안 돼!"

'안'과 '돼' 사이에 일이 벌어졌다. 장독이 넘어지면서 와장창 깨졌다. 된장 냄새가 코를 찔렀다. 은호는 작은곰을 쏘아보았다. 작은곰은 도망갈 생각조차 없어 보였다. 날 골탕 먹이려는 건가? 하필 혼자 있을 때 이런 일이 벌어지다니. 속에서 뜨거운 게 뭉쳤다.

"저리 비켜."

뚜벅뚜벅 걸어가서 깨진 장독의 큰 조각은 손으로 집고, 나머지는 빗자루로 쓸어 깨진 유리가 든 마대에 넣었다. 땀을 뻘뻘 흘리며 된장과 깨진 장독을 치우는 동안, 작은곰은 마당 여기저기를 돌아다니며 구경했다. 나무 위로 올라가 씨눈을 알차게 빼먹더니 급기야는 마당 한쪽에 있는 작은 연못으로 향했다.

"어어, 그쪽엔 가면 안 되는데……."

작은곰에게 안 되는 건 없었다. 달콤한 향기에 이끌렸는지 수선화에 코를 박고 킁킁거리며 요리조리 몸을 움직였다. 곱게 핀 수선화들이 순식간에 뭉개졌다.

"엄마가 제일 아끼는 꽃인데, 어휴 진짜!"

작은곰이 무해한 눈으로 빤히 쳐다보자, 온몸이 땀에 젖은 은호는 작은곰을 쏘아보았다.

"야, 너 집에 안 가? 여기 살 거야?"

말을 알아들은 건지 어쩐 건지 작은곰은 코를 벌름거리다가 산장을 한 바퀴 더 돌고 나서야 산 위쪽으로 향했다.

은호는 한숨을 내쉬며 몸을 돌려 마대를 들었다. 그런데 무게가 너무 가벼웠다. 눈을 들어 다시 보니, 장독이 아침에 외삼촌이 랩으로 싸 놓은 모습 그대로였다. 마대 안에도 별채에서 깬 유리 조각만 있을 뿐, 조금 전에 치운 된장과 장독 조각들이 없었다. 연못 주변의 노란 수선화도 망가진 곳 없이 곱게 피어 있었고.

'어떻게 된 거야. 분명 봤는데. 소리도 들었고. 진짜였는데.'

어느새 소리도 없이 다가온 작은곰이 은호를 물끄러미 올려다보았다. 은호는 아래턱이 떨려 왔다. 작은곰은 두 발로 서서 앞발을 모은 채 하얀 무언가를 쥐고 있었다. 은호는 풀쩍 뒷걸음쳤다. 작은곰은 왈츠를 추듯 은호에게로 한 걸음 더 가까이

다가갔다. 서로의 숨소리가 들릴 만한 거리였다.
 은호는 작은곰을 내려다보며 물었다. 목소리가 떨렸다.
 "너 가짜였어?"

7

 엄마는 상상, 친구들은 거짓말, 아빠는 꿈이라고 부르던 것을 은호는 가짜라고 불렀다. 끝났다고 생각했는데, 이렇게 갑자기 불쑥 다시 시작된다고? 은호는 주먹을 아프도록 꽉 쥔 채 창밖을 노려보았다. 마당에서는 작은곰이 수선화를 쪽쪽 따 먹고 있었다. 저리 가라고 소리치고 싶었지만, 그러면 가짜가 보이는 것을 인정하는 꼴이라 입만 오물거렸다. 부풀어 오르는 감정을 어떻게 해야 할지 몰라 식당 안을 뱅글뱅글 돌았다.
 반면 작은곰은 꽃 따먹는 데 취해 은호 따위는 신경 쓰지도 않았다. 은호는 그게 더 화가 났다. 환상인 주제에, 한가롭게 봄이나 즐기다니! 놀리는 건가?
 "가짜잖아. 무시하면 사라질 거야."

구식 난로 옆에 의자를 끌어다 앉고 커다란 창을 노려보았다. 그런데 볕이 따뜻해서 자꾸만 눈이 감겼다. 눈에 다시 힘을 주었다. 자는 사이에 작은곰이 쳐들어올……. 다시 눈을 떠 보니, 길게 늘어진 해가 발끝으로 밀려나 있었다. 얼마나 잔 거지? 은호는 주먹으로 눈을 비볐다. 마당이 비어 있었다. 포기하고 간 걸까.

 문득 오래전 그날이 떠올랐다. 아빠가 병원에 입원해서 외삼촌이 서울 집에 온 날, 거대한 고래가 벽을 통과해 안방까지 들어왔다. 환상에는 경계가 없었다. 어디든 올 수 있었다.

 은호는 부랴부랴 방과 옷장까지 샅샅이 살펴보았다. 그러나 작은곰은 어디에도 없었다. 어젯밤 잠을 설친 탓일까. 지금껏 수면제에 의지해 잤는데 갑자기 수면 패턴이 깨지면서 벌어진 해프닝 아닐까. 누가 한 명만 더 있어도 이게 환상인지 진짜인지 분간할 수 있을 텐데.

 주머니가 드르륵 떨렸다. 저녁 먹었느냐는 엄마의 안부 문자였다. 아무렇지 않다는 걸 증명하듯 '이제 먹을 거야'라고 적다가 멈추었다. 평소라면 답문도 안 했을 텐데.

 - 언제 와?

 전송을 누르자마자 엄마에게서 전화가 왔다. 괜히 문자를 보냈다는 생각이 들어 무음으로 돌리고 받지 않았다. 방으로 들어가 이불을 덮고 누웠지만 자꾸만 눈앞에 작은곰이 아른거렸다.

은호는 벌떡 일어나 노트북을 열었다. 스스로 아무렇지 않다는 걸 증명하려고 별밤산장 블로그를 열성적으로 꾸미기 시작했다. 매월 말 방명록 베스트를 뽑아서 별밤정식 무료 사용권을 지급한다며 이벤트도 올렸다. 내친김에 인스타그램에 가입해서 계정을 만들고 블로그 사진을 정리해서 옮겼다. 자정이 지나자 눈이 천천히 감겼다 떠지기를 반복했다.

부엌에서 달그락대는 소리에 은호는 번쩍 눈을 떴다. 이럴 줄 알았어! 기어이 안쪽까지 들어온 거지! 은호는 인형처럼 껴안고 있던 노트북을 침대로 던지고 밖으로 뛰쳐나갔다. 그런데 부엌에 서 있는 건 엄마였다. 어느새 아침이었다.

"우리 은호, 좋은 꿈 꿨어?"

엄마는 한 손으로 달걀부침을 하며 물었다. 왼쪽 팔에는 깁스를 하고 있었다.

"또 다쳤어?"

"조금 삐끗했어. 배고프지? 아침 뭐 해 줄까?"

은호는 대답 없이 식당 문을 활짝 열었다. 마당에서는 외삼촌이 새로 사 온 장독 뚜껑을 맞춰 보고 있었다. 은호는 외삼촌 쪽으로 성큼성큼 걸어갔다. 엄마가 어쩌다 팔을 다쳤느냐고 물으려는데, 외삼촌이 더 빨랐다.

"무슨 일 있었어? 별채 부엌 창문이 깨져 있던데, 혹시 도둑 들었니?"

도둑이라면 도둑인데, 설명하기가 어려웠다. 어제만 해도 자기가 본 게 진짜인지 가짜인지 확인해 줄 누가 옆에 있었으면 좋겠다 싶었지만, 새 아침이 밝자 그런 마음은 눈 녹듯이 사라지고 없었다. 다시 시작된 거라면, 환상은 무조건 숨겨야 할 특급 비밀이었다. 은호는 쥐를 보고 놀라 돌멩이를 던졌다고 쭈뼛거리며 변명했다.

"문자 때문에 일찍 올라온 거예요?"

"네 엄마가 얼른 가자고 어지간히 성화를 부려야 말이지."

본채 식당에서 벨이 우렁차게 울렸다. 오늘 몇 시부터 문 여느냐고 묻는 전화였다.

"지금 바로 오셔도 돼요. 길은 아세요? …… 아! 네, 네. 그럼 기다리겠습니다아!"

엄마는 콧노래를 부르며 손을 바쁘게 움직였다. 신이 나서 엉덩이까지 실룩이는 엄마를 보며, 외삼촌과 은호는 벙찐 얼굴이 되었다.

"네 엄마는 진짜 못 말리겠다. 다쳤는데도 손님 온다고 하면 저렇게 좋을까."

"어이! 거기 장정들! 얼른 청소 좀 해. 종민이 넌 난로에 불 좀 때고."

엄마의 지휘 아래 별밤산장은 몹시 분주해졌다. 바쁘게 몸을 움직이자 은호는 작은곰 생각이 사라졌다. 외삼촌이 바깥 테이블을 행주로 꼼꼼히 닦으며 은호에게 은밀히 속삭였다.

"혹시 몰라서 복원팀에 연락해 봤는데, 추적기를 확인해 보니까 이쪽까지 온 곰은 없대. 아마 잘못 본 걸 거야. 손님 오신다. 이따 얘기하자."

첫 손님이 외삼촌 안내에 따라 주차한 뒤 내렸다. 아이 둘에 어른 셋. 다섯 명이었다.

여자가 조수석에서 내리자마자 팔을 벌리고 산 공기를 크게 들이마셨다.

"세상에! 경치 끝내준다. 어쩜 블로그에서 본 사진이랑 진짜 똑같아. 여보, 여기 좀 봐."

여자가 흥분하는 사이, 남자가 뒷자리에서 할머니를 부축해서 내리며 시선을 돌렸다. 손님들은 귀한 보물을 발견한 것처럼 감탄사를 입에 달고 산장 주변을 음미하듯 걸었다.

엄마가 함박웃음을 지으며 다가와 깁스한 팔꿈치로 은호를 쿡 찔렀다.

"우리 아들 완전 금손이더라? 블로그 되게 예쁘던데?"

"뭐, 그 정도야 기본이지."

은호는 칭찬을 듣자 좀 머쓱해서 코를 만지며 다른 곳으로 눈을 돌렸다. 그런데 나무에서 시선이 턱 걸렸다. 작은곰은 사라진 게 아니었다. 나무 위에 앉아 별밤산장 마당을 물끄러미 내려다보고 있었다.

8

 산장이 들썩였다.

 주말에 비 소식도 없고 기온이 큰 폭으로 오른다고 하자, 너도 나도 산을 찾았다. 별밤정식이 어떤 거냐고 묻는 손님이 많은 걸 보니, 대부분은 블로그 이벤트를 보고 찾아온 듯했다. 상의하지 않고 마음대로 올린 이벤트인데도 엄마는 은호에게 잘했다며 연신 엄지척을 했다. 내친김에 별채까지 홍보하려고 엄마는 외삼촌을 불러 소곤소곤 지시했다. 외삼촌은 식사를 마친 손님들을 모시고 직접 지은 집을 소개했다.

 손님이 오면 꼭 보여 주는 별채가 있었다. 몇 년에 걸쳐 지으며 공들인 곳이었다. 처음에 외삼촌은 엄청나게 큰 바위 때문에 그 자리에 별채 짓는 걸 포기했다. 바위를 치우려면 경비가 많이 들어 배보다 배꼽이 더 커지기 때문이었다. 그런데 엄마가 간단하게 해결책을 제시했다.

"바위를 뭐 하러 치워? 아주 잘생겼구먼!"

그렇게 해서 바위를 품은 집이 탄생했다. 흠처럼 보이던 커다란 바위는 집과 하나 되어 은은한 매력을 더해 주었다. 한쪽 벽을 차지한 바위가 여름이면 에어컨 역할을 대신했고, 겨울에는 훈훈한 기운을 유지해 주었다.

외삼촌은 오늘 바위별채에 묵으면 특별가를 적용하겠다고 했지만, 다들 집이 좋다고 칭찬은 하면서도 선뜻 예약하지 않았다. 외삼촌은 어깨가 축 늘어지며 풀이 죽었다.

별채 구경을 끝낸 손님들이 보약이라도 먹는 듯한 얼굴로 산공기를 힘껏 들이마시며 마당 한쪽에 자리를 잡았다. 본체와 별채 사이에 돌로 만든 테이블이 명물처럼 있었는데, 그 위에 바둑판이 새겨져 있었다. 산이 잘 보이는 곳이라 별밤산장에서 가장 운치가 좋은 곳이었다.

은호는 주말에는 보통 제 방에 틀어박혔지만, 오늘은 그럴 수가 없었다. 손님이 몰려드는데 엄마는 팔을 다쳤고, 작은곰은 터줏대감처럼 나무 위에 앉아 입을 쩝쩝거리고 있었다. 당연한 일이지만, 이렇게 많이 들락거리는데 누구 하나 작은곰을 아는 척하는 사람이 없었다. 그래서 은호도 일부러 나무 위를 보지 않았다. 서빙하면서 몸을 돌리다가 시야 끄트머리에 작은곰이 걸릴 때가 있었지만, 눈을 마주치지 않으려고 기를 썼다.

"근데 여기도 곰이 내려와요?"

함께 온 남자와 커플 티를 입은 여자가 물었다. 엄마가 첫 방문 기념으로 미니 약과를 서비스로 주며 손을 내저었다.

"아유, 당연히 안 오죠. 곰은 자기들 영역이 따로 있는데."

"히잉. 혹시 마주치면 나도 SNS에 인증샷 올리려고 했는데."

목소리에서 아쉬움이 뚝뚝 묻어났다. 남자가 내가 없을 거라고 하지 않았냐며 핀잔을 주자, 여자가 입을 비죽거리며 주머니에서 사탕과 소시지를 한 움큼 꺼냈다.

"가끔 마주치는 사람이 있다길래, 보면 먹을 것 좀 주려고 했지. 겸사겸사 사진도 좀 찍고."

난로에 넣을 장작을 패던 외삼촌 표정이 심각해졌다. 대부분은 산에서 곰과 마주치면 어쩌나 걱정하는데, 이따금 이 손님들처럼 애교가 많은 아기 곰을 상상하면서 사진을 함께 찍으려는 사람들이 있었다.

외삼촌은 손바닥에 침을 퉤 뱉고 도끼를 고쳐 쥐며 목소리를 높였다.

"은호야, 산에서 곰을 만나면 하지 말아야 할 수칙 기억나지? 거기에 하나 더 추가. 곰한테 절대 과자, 초콜릿, 사탕 같은 거

주면 안 돼. 어떤 반달곰은 등산객한테 얻어먹다가 이빨이 열아홉 개나 썩어서 산에서도 살 수 없게 됐어. 산에서 적응하지 못한 곰은 어디로 간다고?"

"철장 있는 사육장이요."

"사람들이 귀엽다고 함부로 내민 손 때문에 그 곰은 평생 거기서 살아야 해."

외삼촌 말에 커플은 얼굴이 사흘 내놓은 떡처럼 딱딱하게 굳었다. 새소리가 시끄럽게 느껴질 만큼 주위가 고요해졌다.

잠시 뒤, 야외 테이블에서 바둑을 두던 노신사가 커플에게 슬며시 말을 걸었다.

"지리산에는 처음인가 봐요? 일부러 생각해서 간식거리 싸 온 것 같은데, 뭣하면 저기 있는 애들한테 나눠 주면 어떨까요. 약과가 애들 입에 안 맞는지 손도 안 대는 것 같은데."

노신사가 자상한 목소리로 주머니에서 방울 하나를 꺼내 커플에게 건넸다.

"라디오를 틀어 놓거나 방울을 차고 다니면 곰들이 그 소리를 듣고 알아서 피한다더라고요. 아무래도 곰을 직접 보면 귀여워서 자꾸 뭐라도 주고 싶어지니까. 그래서 난 곰을 만나지 않으려고 이렇게 가방에 달고 다닙니다."

여자는 고맙다는 인사와 함께 방울을 받았다. 외삼촌은 노신사의 부드러운 조언에 얼굴이 붉어진 채 묵묵히 장작만 팼다.

은호 역시 생각이 많아졌다. 진짜든 가짜든 곰은 곰이었다. 저 녀석과도 거리 두기를 하면 자연스레 해결되지 않을까. 생각을 정리하자 마음이 한결 가벼웠다. 은호는 고개를 돌려 나무 위를 보았다. 작은곰이 없었다.

엄마가 고맙다며 노신사에게 따뜻한 꿀차를 슬쩍 건넸다. 그런데 바로 그때, 작은곰이 저 끝에서 네발로 막 달려왔다.

은호는 저도 모르게 탄식을 내뱉었다.

"아, 꿀은 안 되는데······."

노신사가 꿀차를 마시려다가 놀라서 은호를 바라보았다. 은호의 시선은 노신사에게서 살짝 비켜나 있었다. 작은곰이 노신사 바로 옆에 앉아 꿀차를 보며 침을 흘리고 있었다. 은호가 당황스러운 표정으로 손님 쪽을 바라보자, 엄마가 나서서 애써 웃으며 상황을 수습했다.

"햇꿀이라 귀한 거예요. 친한 언니가 양봉해서 또 가져오면 되는데, 얘도 참. 편히 드세요."

엄마가 은호를 쿡 찌르며 갑자기 왜 그러느냐고 물었지만, 은호는 대답할 수 없었다. 은호는 노신사 쪽을 보지 않으려고 애쓰며 겨우 야외 테이블에서 발길을 돌렸다.

얼마 후, 손님들이 썰물처럼 빠지자마자 은호는 바둑판이 그려진 야외 테이블로 뛰어갔다. 작은곰이 앞발을 뻗어 찻잔을 쥐려는 순간, 은호가 냉큼 빼앗았다. 예상대로 꿀물이 찻잔 바닥에 조금 남아 있었다. 외삼촌과 엄마가 산장 입구에서 손님들을 배웅하느라 바쁜 사이, 은호는 찻잔을 쥐고 산 뒤쪽으로 빠르게 올라갔다. 그 뒤를 작은곰이 뒤뚱뒤뚱 따라갔다.

산장에서 충분히 멀어진 뒤에 은호는 찻잔을 힘껏 던졌다. 찻잔이 반원을 그리며 멀리 날아가자, 작은곰이 찻잔이 날아간 쪽으로 달려갔다. 은호는 아무 일 없었다는 듯 몸을 돌려 산장으로 내려왔다. 엄마가 야외 테이블 아래를 살피고 있었다.

"찻잔이 어디 갔지. 은호야, 혹시 네가 치웠니?"

"가져가셨나 보지. 기념으로……."

"차 주문하면 찻잔 주는 서비스는 인기 없어서 안 한 지 오래 됐는데."

엄마가 고개를 갸웃하는 사이 은호는 고무장갑을 끼고 설거지를 했다. 엄마가 우리 아들 다 컸다며 뒤에서 껴안으려고 하자 은호가 질색했다. 엄마는 한발 물러서면서 삐죽거렸다.

"알았어. 거리 두기? 오케이라니까."

엄마는 더는 수면제 이야기를 꺼내지 않았고, 은호는 왜 깁스를 하게 됐는지 묻지 않았다. 저마다 숨기고 싶은 이야기가 있었다.

한편 외삼촌은 별채에 숨어 있을지 모를 쥐를 경계하며 빗자루를 제3의 팔처럼 끼고 다녔다. 모든 것이 다시 제자리를 찾아가는 듯했다.

9

 손님들이 모두 돌아가고 난 뒤 늦은 밤이었다.
 의자를 끌어와 다리를 올린 채 주무르며 휴대폰을 보던 엄마가 등받이에서 허리를 뗐다.
 "세상에! 방명록에 글이 엄청 늘었어. 이것 좀 봐."
 엄마가 벌떡 일어나 외삼촌과 은호에게 휴대폰을 보여 주었다. 외삼촌과 엄마가 딱 붙어서 블로그를 보며 흐뭇해하는 동안, 은호는 물걸레질을 끝내고 방으로 들어갔다. 옷도 갈아입지 않고 침대에 눕자마자 식당에서 웃음소리가 들려왔다. 대체 뭐가 그렇게 재미있나 싶어서, 휴대폰을 열어 블로그에 들어갔다. 방명록에 글이 추가되어 있었다.

하랑엄마 : 날이 좋아서 오랜만에 지리산 갔다가 발견한 보물 같은 곳!

먹보천사 : 아직 날이 쌀쌀하다면서 서비스로 주신 꿀차도 정말정말 맛있었어요! 근데, 아까 깜빡 잊고 여쭤보지 못했는데, 여기 이름이 왜 별밤산장인가요?

재준아사랑해 : 블로그 소개 글도 그렇고 첫 화면에 별이 눈처럼 내리는 걸 보면, 밤에 별이 잘 보여서 그런 게 아닐까요? ^^

김택호 : 밤에 별이 참 아름답습니다. 몇 년 전 바위산채에 하룻밤 머물렀는데, 그때 본 밤하늘이 지금도 가끔 생각납니다. 낮에도 좋지만, 밤에 꼭 한 번 가 보시길 추천드립니다.

은호는 어젯밤 블로그를 꾸미면서 쓴 별밤산장 소개 글을 눈으로 읽었다.

'산장 앞마당에서 밤하늘을 바라보면, 손에 잡힐 것처럼 별이 눈부시게 빛납니다!'

저녁 먹을 때마다 엄마가 입에 달고 사는 멘트를 그대로 옮겨 적었을 뿐인데, 진짜 그 정도라고? 은호 입술이 복주머니를 조이듯 작게 조여들었다.

"어떻게 별이 손에 잡혀. 게다가 밤에 눈부시다는 것도 영."

은호에게는 그럴듯하게 포장한 홍보 글일 뿐, 전혀 마음에 와닿지 않았다. 은호는 휴대폰 화면을 아래로 향하게 돌려 버렸다.

별이라면, 제 방 천장을 장식한 가짜 야광 별만으로도 지겨웠다. 내일은 진짜 저 오글거리는 걸 떼어 버려야겠다고 다짐하며 은호는 이불을 머리끝까지 덮었다.

이튿날 아침, 마당으로 나간 은호는 한숨부터 나왔다.
본채 문이 열리자마자 기다렸다는 듯이 작은곰이 나무 위에서 부리나케 아래로 내려왔다. 작은곰은 은호에게 달려와 뒷다리로 서서는 두 앞발로 소중하게 잡은 찻잔을 내밀었다. 날숨과 들숨 사이로 작은곰 입에서 희미하게 꿀 냄새가 났다.
'또 이걸 가져왔어? 어휴. 근데 어떻게 찻잔을 줄 수가 있지? 찻잔은 진짜 물건인데……'
"이게 뭐? 어쩌라고."
혼란스럽고 복잡미묘한 속내를 숨기려고 은호가 부러 퉁명스럽게 말하자, 작은곰은 찻잔을 바닥에 내려놓고 뒤로 물러섰다. 은호가 팔짱을 낀 채 미동도 없이 노려보기만 하자, 작은곰이 앞발로 땅을 팡 내리쳤다. 어서 이것 좀 보라고 재촉하듯이.
떨떠름한 표정으로 찻잔 안쪽을 보니, 찻잔 속에 조그맣게 접힌 종이가 들어 있었다. 은호는 눈이 동그래졌다. 꿀물이 남은 찻잔을 던졌더니 그 안에 종이쪽지가 선물처럼 담겨 돌아온 건가.

'맙소사, 이게 혹시 그런 건가?'

은혜 갚는 제비. 홍부가 다리를 고쳐 주자 이듬해 봄에 제비가 신비한 박씨를 물어 온 옛날이야기. 그럴 리 없다고 여기면서도, 안 될 건 또 뭐냐는 생각이 불쑥 들었다. 가슴이 종작없이 뛰었다.

'종이에 적힌 게 로또 번호는 아니겠지?'

기대를 품고 찻잔에서 종이를 꺼내 펴 보았다. 꼬깃꼬깃한 종이에 삐뚤삐뚤 글씨가 빽빽했다. 숫자가 있긴 한데, 그게 메인이 아니었다. 은호 눈썹이 파도치듯 리드미컬하게 움직였다.

1번. 도둑질하기. 걸려서 혼나기.

2번. 식당에서 세상 제일 맛없는 음식 먹기.

3번. 별명 백 개 만들기.

4번. 외계인과 ET 손가락 대기.

5번. 고백했다 차이기.

문장마다 정성스레 번호까지 매겨진 걸 보니, 정황상 다른 것일 수가 없었다.

"이거 설마 버킷 리스트야?"

작은곰이 헤엄을 치듯 크게 고개를 끄덕였다.

"이걸 왜 나한테……. 나더러 해 달라고?"

작은곰이 또다시 고개를 끄덕였다. 녀석은 몹시 뻔뻔했다.

"내가 왜?"

10

 무시하는 게 이기는 거다.

 호기롭게 선택한 방법은 곧 위기에 맞닥뜨렸다. 아무리 무시해도 작은곰이 금붕어 꼬리에 붙은 똥처럼 계속 알짱거리자, 은호는 눈동자가 흔들렸다. 이게 아니었나? 저번에는 뭘 어쨌기에 환상이 사라졌지?

 이제껏 누르고 지냈던 오래전 기억을 다시 끄집어내 보려 해도, 주말에는 손님이 많아서 차분히 생각할 수가 없었다. 외삼촌은 초행인 손님들을 픽업하려고 산 아래로 차를 몰고 내려갔고, 엄마는 한 손으로 참깨통을 열려다가 바닥에 쏟기 일쑤였다.

 은호는 설거지와 서빙을 기본으로 종횡무진 움직였다. 긴급 투입된 알바 역할을 잘하는 것처럼 보였지만, 실상은 하는 일마다 실수 연발이었다. 모두 작은곰 때문이었다. 다른 곳으로 눈을 돌려 시각은 어찌어찌 차단해도 청각은 통제하기가 어려웠다. 뒤에서 사박사박 걷는 소리가 여름밤 귓가를 맴도는 모기처럼 들러붙었다.

별채 뒤쪽 닭장에서 달걀을 꺼내는데, 근처에서 우당탕 소리가 터졌다. 또 작은곰이었다. 손님이 일어나자 야외 테이블 위에 남은 게 없나 앞발로 훑다가 그릇과 함께 뒤로 자빠진 것이다. 은호는 정신 사나운 광경에 혼이 나갈 것 같았지만, 손님 중 어느 누구도 그쪽을 신경 쓰지 않았다.

몸 개그는 애교였다. 사진 찍는 손님들 사이로 왔다 갔다 하며 뭐 먹을 게 없나 연신 기웃거렸다. 은호는 제발 좀 얌전히 있으라고 눈썹을 위아래로 움직이며 작은곰을 노려보다가, 서빙하던 그릇을 몇 번이나 엎었다.

보다 못한 엄마가 은호에게 속삭였다.

"들어가서 좀 쉬어. 식사 때 지났으니까 엄마 혼자서 할 수 있어."

"안 돼."

은호는 불안한 눈빛으로 다리를 달달 떨며 작은곰을 응시했다. 손님이 꿀차를 주문하기라도 할라치면 바로 철벽 수비에 들어갔다.

"안 돼요!"

"됩니다! 지금 가져다드릴게요!"

엄마는 은호를 힐끔 보고는 부엌에서 꿀통을 열었다.

냄새가 퍼지자마자 작은곰이 움직였다. 은호는 녀석을 막을 수도, 그렇다고 무시할 수도 없었다. 작은곰은 꿀차를 마시는 손님 옆에 딱 붙어 앉아 내내 입을 벌리고 있었다. 테이블 위로 침이 뚝뚝 떨어졌다. 그럴 리 없으리라 생각하면서도 혹여 작은곰이 바로 옆에 앉아 꿀차를 노리고 침을 흘리고 있다는 사실을 손님들이 눈치챌까 봐 불안도는 점점 극에 달했다.

안 되겠다 싶어서 은호는 벌떡 일어나 청소 도구를 챙기며 작은곰에게 따라오라고 눈짓했다. 작은곰은 휙 고개를 돌리고 계속 침을 흘리며 창가 손님만 보았다. 이렇게 나오겠다 이거지? 은호는 씩씩거리며 부엌 창문이 깨진 은하수별채로 갔다. 꿀통을 열고는 꿀 향기가 멀리 퍼져 나가라고 입바람을 후우 불었다. 곧이어 다다다 발소리와 함께 작은곰이 나타났다.

"먹고 싶어?"

작은곰이 두 발로 서서 앞발을 뻗었다. 은호는 뒤로 몸을 빼며 꿀통을 위로 번쩍 올렸다.

"사라지겠다고 약속해. 그럼 이거 너 다 줄게."

작은곰은 은호를 물끄러미 보았다. 그 모습에 은호는 미간을 찌푸렸다. 왠지 작은곰의 눈이 슬퍼 보였다. 그때, 새로 손님이 왔는지 바깥에서 인사하는 소리가 들리자, 엄마가 큰 소리로 은호를 찾았다. 마음이 다급해진 은호는 제안을 바꿨다.

"일단 여기서 이거 먹고 있어. 손님들 꿀차 노리지 말고. 꼭 여기 있어!"

꿀통을 식탁 위에 놓고 마당으로 나오자, 외삼촌이 픽업 손님은 이제 끝이니 푹 쉬라며 은호 등을 두드렸다. 그러나 곧이어 감자전 주문이 세 판 들어왔다면서 엄마가 감자 좀 까 달라고 은호를 불렀다. 은호는 감자칼과 감자가 든 봉지와 대접 두 개를 들고 본채 뒷마당으로 갔다.

욕실용 의자에 쪼그리고 앉아 감자를 깎는데, 옆에서 거친 숨소리가 들렸다. 설마 하며 돌아봤더니 역시나였다. 작은곰이 입가에 꿀을 잔뜩 묻힌 채 다가와 감자를 빤히 바라보았다.

"그걸 벌써 다 먹었다고? 우아, 진짜······."

말해 뭐 하랴. 은호는 등을 돌려 앉으며 감자칼로 감자를 벅벅 깎았다. 잠시 후, 소름 끼치게 귀가 축축했다. 놀라서 옆을 돌아보니, 작은곰이 은호를 향해 혀를 내밀고 있었다.

"야! 뭐, 뭐야. 왜 이래!"

식겁하며 벌떡 일어났다. 그 바람에 감자 껍질을 모아 둔 통이 엎어졌다. 안 되겠다 싶어서 감자칼과 덜 깎은 감자가 든 통을 들고 언덕 위로 내달렸다. 잠시 멈춰서 한숨 돌리면 바로 작은곰이 귀신같이 나타났다. 다시 도망갔다. 어디 앉기만 하면 작은곰이 바짝 다가와 은호의 귀를 빨려고 들었다. 변태도 이런 변태가 없었다.

세 시간 뒤, 은호는 산장과 한참 떨어진 곳에서 감자를 반도 깎지 못한 채 외삼촌에게 발견되었다. 외삼촌은 땀으로 범벅이 된 은호 몰골을 보고 뜨악한 표정으로 물었다.

"한참 찾았네. 너 여기서 뭐 해? 꼴은 또 왜…… 뜀박질했어?"

은호는 말 못 할 짜증으로 얼굴이 벌게져 있었다. 외삼촌이라면 작은곰이 왜 저러는지 알겠지만, 차마 물어볼 수 없었다. 이건 진짜 곰이 아니니까. 거지 같은 환상이니까.

은호는 씩씩대며 감자 바구니를 외삼촌에게 턱 안기고는, 입을 꾹 다물고 방으로 들어갔다. 휴대폰으로 폭풍 검색 한 끝에 사육장에서 새끼 곰들이 한 줄로 나란히 앉아 서로의 귀를 빠는 영상을 발견했다. 친밀감을 표시하는 행위로, 어미 잃고 고아가 된 새끼 곰들이 이런 행동을 자주 보인다고 했다.

하지만 영상을 봐도 의문은 풀리지 않았다. 덩치를 보면 새끼곰은 아니었다. 다 자랐는데 뭔가 덜 자란 것 같았다. 반달가슴곰 성체치고 조금 작은 편이었다.

"애기 때 행동이 남은 건가. 가짜 주제에 뭐 이렇게 사실적이야?"

은호는 침대에 털썩 누웠다. 귀에 축축한 느낌이 남아 찝찝했다. 귀를 가릴 만한 게 없나 방을 뒤졌지만, 한겨울에나 쓰는 두꺼운 털모자뿐이었다.

차를 마시는 손님도 다 빠지고 식당이 한가해지자, 엄마는 의자에 앉아 신발을 벗고 발가락을 오므렸다 펴기를 반복했다. 외삼촌도 장 본 것을 정리한 다음 테이블에 앉았다. 점심시간이 한참 지나서야 세 사람은 얼큰한 라면으로 첫 끼를 먹었다. 테이블 끝쪽에 앉은 은호가 험악한 표정으로 간간이 노려보는데도 작은곰은 그 옆에서 은호의 귀를 계속 노렸다.

가려워서 긁는 척 한쪽 손으로 귀를 가리며 은호가 엄마에게 물었다.

"집에 혹시 헤드셋 같은 거 없어요?"

"음악 듣게? 그냥 소리 켜고 들어. 엄마도 같이 듣게."

"은호도 열다섯인데 프라이버시가 있지."

외삼촌이 라면 국물을 그릇째 마시면서 엄마를 타박했다. 은호는 없으면 됐다면서 일어났다. 설거지와 뒷정리가 끝날 때쯤 엄마가 방에서 오래된 유물 같은 물건을 들고 나왔다.

"혹시나 하고 찾아봤는데, 아직 있네."

군데군데 칠이 벗겨지긴 했지만, 쓰는 데는 아무 이상 없어 보였다. 요즘엔 볼 수 없는 오래된 디자인이라 오히려 독특한 감성이 돋보이기도 했고. 은호는 씩 웃으며 헤드셋을 낀 채 마당으로 나가 산을 바라보는 자리에 털썩 앉았다.

"누나 거야? 저런 건 또 언제 샀데?"

외삼촌은 커피 믹스를 타며 턱짓으로 헤드셋을 가리켰다. 엄마는 김이 모락모락 피어오르는 찻잔을 손으로 감싸고 밖을 내다보았다. 헤드셋을 낀 은호의 뒷모습을 보며 엄마가 미소 지었다.

"내 거 아니야. 은호 아빠 꺼."

11

작은곰은 헤드셋을 벗기려고 은호 머리를 앞발로 툭툭 쳤다. 욕망에 아주 충실한 곰이었다. 은호는 머리에 힘을 주고 꼿꼿이 버텼다. 작은곰은 왼쪽으로 갔다가 오른쪽으로 갔다가 분주하게 움직이며 살폈지만, 뭉툭한 앞발로는 헤드셋을 벗길 수 없었다. 작은곰이 다급해질수록 은호는 비실비실 웃음이 나왔다.

작은곰이 씩씩대다가 은호의 다리 위로 털썩 찻잔을 던졌다. 은호는 노룩패스처럼 보지도 않고 찻잔 속 종이를 꺼내 멀리 던져 버렸다. 그런데 작은곰이 날아간 종이를 따라가지 않았다. 은호는 눈썹을 위로 올리고 찻잔 속으로 시선을 옮겼다. 뭐야. 언제부터 찻잔이 쪽지와 세트였지? 그렇다면.

은호는 찻잔째 던지려다가 멈칫했다. 뒤쪽이 너무 조용했다.

심지어 생활 소음마저 없었다. 뒤돌아보지 않아도 외삼촌과 엄마가 창가에 붙어서 숨죽인 채 자신을 쳐다보는 게 느껴졌다. 은호는 엉덩이를 털고 일어나 산책하러 가는 것처럼 어색하게 뒷짐을 지고 걸었다.

산장에서 멀어지자마자 은호는 메이저리그 진출을 앞둔 선수가 테스트받는 심정으로 최선을 다해 찻잔을 던졌다. 슈우웅. 작은곰이 찻잔이 떨어진 방향으로 달렸다. 역시.

은호는 입꼬리를 올리고 웃으며 돌아섰다. 그러나 몇 걸음 걷기가 무섭게 작은곰이 네발로 달려와 찻잔을 휙 은호에게로 다시 던졌다. 곰이 빠르단 소리는 들었지만, 이 정도였나. 그러나 은호는 포기하지 않았다. '좌절 금지!'라고 적힌 띠를 이마에 두른 것처럼 비장하게 결의를 다졌다. 그때부터 은호는 던지고 작은곰은 달렸다. 둘은 환상의 짝꿍처럼 몇 시간을 그 짓을 반복했다.

"하아. 계속 이럴 거야?"

작은곰은 고집이 만만치 않았다. 안 되겠다 싶어서 은호는 비장의 방법을 택했다. 입을 꾹 닫고 바닥에 찻잔을 놓은 뒤 돌멩이로 내리쳤다. 돌멩이가 찻잔을 쑤욱 통과했다. 분했다. 은호가 찻잔을 깨려고 별의별 짓을 다 하는 동안 작은곰은 나무껍질을 솜씨 좋게 벗겨 은호 옆에서 아작아작 씹었다. 분노에 찬 은호가 종이를 잘게 찢는 동안 작은곰은 바닥을 줄지어 이동하는 벌레를 주워 먹었다.

모르는 척하는 것도 안 먹히고, 찻잔이고 쪽지고 파괴하는 것도 안 되고, 나더러 뭘 어쩌라는 걸까. 은호는 엉덩이를 깔고 앉아 고개를 옆으로 돌렸다. 작은곰이 배를 까고 누워서 날아다니는 나비를 잡겠다며 앞발을 휘젓는데, 폼을 보니 나비는 잡아도 그만 놓쳐도 그만 같았다. 더는 참을 수 없었다.

"난 더는 일곱 살 어린애가 아니야. 그러니까, 좋은 말로 할 때 '좋은 곳'으로 가라."

귀신을 성불시키는 심정으로 두 손을 합장하고 고개까지 까딱했다. 그러거나 말거나 작은곰은 바닥에 등을 비비며 계속 나비랑 장난이나 쳤다. 귀신 쪽은 아니라 이건가? 쳇.

은호는 작은곰이 나비에게 빠져 노는 사이 잽싸게 일어나 산장 쪽으로 뛰기 시작했다. 발끝으로 찻잔이 날아왔지만, 슉슉 피했다.

"약골처럼 보여도 내가 이래 봬도 산에 산 지…… 윽!"

뒤를 힐끔거리면서 약 올리며 뛰다가 쓰러진 나무에 다리가 걸려 크게 넘어졌다. 엄청나게 아팠다. 나무에 걸터앉아 바지를 올려 확인하니 무릎이 까졌다. 작은곰은 초현실이지만 은호가 느끼는 아픔은 극사실주의였다. 정강이에 멍이 크게 들 조짐이 보였다.

뒤이어 작은곰이 달려와 이때다 싶었는지 찻잔을 냉큼 은호의 허벅지 위로 던졌다. 은호는 기가 막혀 이제 화도 나지 않았다. 걱정해 주는 척하는 제스처조차 없다니, 동물의 세계는 냉정했다. 은호는 바짓단을 내린 뒤 목소리를 깔고 말했다.

"버킷 리스트는 '혼자' 해야 하는 거야. 어떻게 한글을 배웠는지 모르겠는데, 그래, 아주 잘했어. 그러니까 넌 충분히 그것도 혼자 할 수 있을 거야. 파이팅!"

덕담까지 해 주며 이쯤에서 쿨하게 헤어지고 싶었지만, 작은곰은 버킷 리스트 종이가 담긴 찻잔을 자꾸 가져왔다.

그 후로 나흘. 은호는 밥 먹을 때도 잘 때도 헤드셋을 쓴 채 작은곰을 피해 다녔지만, 작은곰은 그것밖에 할 일이 없는 듯이 집요하게 쫓아왔다.

쫓고 쫓기는 추격에 지쳐 야외 테이블 의자에 앉아 숨을 몰아쉬는데, 퍽 소리와 함께 또다시 찻잔이 허벅지 위로 날아와 안착했다. 은호가 모른 척하자, 작은곰이 옆에 딱 붙어 앉았다.

은호는 반쯤 포기한 목소리로 물었다.

"이걸 해 주면 갈 거야?"

헤드셋에 가려진 귀를 빨려고 혀를 깔짝거리던 작은곰이 상체를 뒤로 빼고 은호를 빤히 쳐다보았다. 어서 하자고 재촉하듯이. 은호는 한숨을 내쉬고 찻잔 속에서 쪽지를 꺼내 펼쳤다. 작은곰이 원하는 버킷 리스트는 모두 다섯 개였다.

"하나도 부담스러운데 다섯 개씩이나. 진짜 양심 불량이네. 너 양심에 털……."

말하다 말고 고개를 돌려 보니, 작은곰 가슴에 반달 모양으로 하얀 털이 촘촘히 나 있었다.

"끄응. 이 중에 제일 하고 싶은 거 딱 하나만 골라. 하나 정도는 해 줄게."

작은곰은 은호를 빤히 보다가 또 헤드셋에 침을 묻히기 시작했다. 하나만 고르는 건 싫다는 뜻 같았다. 어느새 헤드셋은 작은곰 침 냄새로 절어 버렸다.

"알았어, 알았다고. 그러면 뭐부터…… 아우! 진짜 이걸 어떻게 하냐."

다섯 가지 버킷 리스트를 보고 있자니 은호는 가슴이 턱턱 막혔다. 이런 생각을 하게 될 줄 몰랐지만, 다섯 가지 중에서 도둑질이 가장 쉬워 보였다.

12

1번. 도둑질하기. 걸려서 혼나기.

"'도둑질하기' 뒤에 적힌 '걸려서 혼나기'까지 한 세트야?"

작은곰은 고개를 끄덕였다.

은호는 끄응 소리를 삼켰다. 이런 게 내 환상일 리가 없다, 저승에서 탈출한 골치 아픈 곰 귀신이 분명하다며 작은곰을 노려봤지만, 작은곰은 얼른 하자며 은호 주위를 뱅글뱅글 돌았다. 은호도 어물쩍 미룰 생각은 없었다. 이제부턴 속도전이다. 귀찮은 녀석을 한시라도 빨리 떼어 내려면 서둘러야 한다.

"훔칠 건 정했어?"

'아무거나'라고 사인을 해 주길 기대했건만, 작은곰은 기다렸다는 듯이 네발로 뛰어갔다. 불길했다. 작은곰이 멈춘 곳은 본

채 앞이었다.

산장 휴일이라 손님이 없는데도 엄마는 부엌에서 분주했다. 은호가 엄마를 다람쥐 같다고 생각하는 데에는 나름의 근거가 있었다. 엄마는 도토리묵을 무척 좋아했다. 건강에도 좋고 살도 안 찐다는 게 이유였지만, 은호가 볼 땐 산에 지천으로 널린 게 도토리여서 공짜로 해 먹을 수 있어 좋아하는 것 같았다.

엄마는 아침부터 물에 불린 도토리를 분쇄기로 갈아서 묵을 쑤고 있었다. 커다란 솥에 나무 주걱이 지나갈 때마다 저은 대로 자국이 남았다. 은호는 녹말가루가 진득하게 눌어붙은 바가지를 개수대 쪽으로 옮기며 물었다.

"웬 도토리야?"

"창고 정리하다가 찾았어. 묵 맛있게 쒀서 어르신들 드리려고."

자루는 텅 비어 있었다. 탈탈 털어 죄다 도토리묵으로 만든 것이다. 도토리가 한 알이라도 남아 있으면 그걸 훔쳐서 도둑질 버킷 리스트를 통쳐 보려고 했는데.

뒤를 보니, 엄마가 나무 주걱으로 젓고 있는 솥을 작은곰이 원망스러운 눈으로 노려보고 있었다. 작은곰의 숨소리가 점점 거칠어졌다. 은호는 헛기침을 크게 하며 작은곰과 엄마 사이에 서서 막았다. 작은곰을 향해 이쪽으로 올 생각은 꿈도 꾸지 말라고 눈빛으로 경고했다.

"은호야, 이거 식힐 동안 묵이랑 곁들이게 오이 좀 썰어 줘. 양파도."

은호가 묵묵히 오이를 썰자 작은곰이 바짝 다가왔다. 받아먹을 욕심인가. 먹고 떨어지라는 식으로 오이 한 조각을 슬쩍 아래로 내리다가 엄마한테 딱 걸렸다.

"오이를 왜 버려?"

"……좀 상한 것 같아서."

"봐 봐. …… 싱싱하기만 하네."

엄마는 도토리묵을 국자로 퍼서 통에 나눠 담는 틈틈이 은호를 힐끗거렸다. 오이 썰기가 끝나고 다음은 양파였다. 은호가 양파를 썰기 시작하자 작은곰은 잽싸게 마당으로 내뺐다. 은호도 작은곰처럼 도망치고 싶었다.

벌게진 눈으로 코를 훌쩍이며 은호가 물었다.

"깁스도 아직 풀지 않았으면서 왜 자꾸 뭘 하려고 해?"

"가만있으면 뭐 해."

"근데 팔은 어쩌다 다친 거야?"

"그냥……. 네 삼촌이 설레발쳐서 깁스를 하긴 했는데, 오늘 병원 가서 풀려고."

"그러니까 밭일하지 말라니까."

"일하다 다친 거 아니야."

"그럼?"

엄마는 묵무침을 한 움큼 쥐어서 은호 입에 냉큼 넣어 주었다. 방심한 사이 당했다. 어서 맛있다고 하라며 엄마가 닦달하는 통에 은호는 대충 고개를 끄덕였다.

"외삼촌은?"

"별채 창문 때문에 일찍 나가고 없어. 맛있을 때 빨리 배달해야 하는데. 음, 오늘 우리 아들이랑 배달 데이트나 할까?"

엄마는 대답도 듣지 않은 채 앞치마를 휘리릭 벗어 던지고 꽃단장을 했다. 은호는 플라스틱 통 여러 개를 바구니 두 개에 나눠 담고 엄마를 뒤따라 산 아래로 내려가며 한 소리 했다.

"다음부터 이런 거 하지 마 지리산에 곰 많은 거 알면서 이걸 왜 싹 다 주워서 묵을 만들어? 곰이 도토리 엄청 좋아하는 거 몰라?"

"산장 쪽엔 한 마리도 안 오는데, 갑자기 웬 곰 타령?"

"······다람쥐도 좋아해. 그러니까 도토리 좀 냅둬."

은호는 시무룩하게 걷는 작은곰을 의식하며 앞서 걸었다. 엄마는 도토리 몇 개 주웠다고 쪼잔하게 군다며 구시렁대면서도 입이 귀에 걸렸다. 은호가 이렇게 길게 말한 게 참 오랜만이었다. 엄마는 이때다 싶어 공부 얘기도 묻고 드라마 얘기도 하고 난데없이 날씨 예찬도 했지만, 은호는 말없이 뒤쪽만 힐끔거렸다.

첫 번째 배달지는 동네에 하나뿐인 웅포슈퍼였다. 슈퍼 할머니는 도토리묵을 가져온 은호를 보자마자 놀란 듯 위아래로 훑었다.

"맨날 입에 침이 마르도록 자랑하던 아들내미가 이렇게나 컸어? 장가가도 되겠네!"

은호는 부끄러워서 얼굴이 벌게졌다. 엄마는 키만 컸지 아직 어리다며, 은호를 잘 부탁드린다고 허리를 깊이 숙였다. 은호도 엄마를 따라 쭈뼛쭈뼛 고개를 숙인 후, 다음 집으로 향했다.

개 다섯 마리를 키우는 똘이네 집으로 가는 길에 은호가 불퉁거렸다.

"왜 자꾸 사람들한테 내 얘기 하고 다녀?"

"이게 다 시골 정이야. 너도 어르신들한테 눈도장 찍어 놔야지. 어르신들 대부분이 무릎 아파서 우리 산장까지 못 올라오시잖아. 집 잘 기억해 뒀다가 한 번씩 찾아뵙고 그래."

"심부름 또 시키게?"

"그럼 오늘로 끝날 줄 알았어? 다음 집 가자."

엄마는 씩씩하게 앞서 걸었지만 은호는 걸음이 점점 느려졌다. 은호는 사람들이 불편했다. 의미 없는 이야기를 나누고, 먹거리를 주고받고, 서로의 일에 참견하고……. 그런 모든 것에서 자신은 빼 달라고 말하고 싶었다. 그러나 마냥 즐거워하는 엄마를 보니 차마 입이 떨어지지 않았다.

엄마가 도도도 다시 뒤로 와서는 은호에게 농담처럼 슬쩍 말을 꺼냈다.

"우리도 이쪽으로 이사 올까?"

"산장이나 여기나 거기서 거긴데, 뭐 하러."

"그래도. 아까 그 슈퍼 집 손녀도 너랑 한 살 차이래. 어쩌면 조만간 영화관도 생긴다 그러고, 또 다음 달이면 저쪽에……."

배달이고 뭐고 엄마랑 붙어 있으면 안 되겠다는 생각이 들었다. 은호는 걸음이 느려진 척 천 바구니를 뒤쪽으로 슬쩍 내밀었다. 뒤따라오던 작은 곰이 잽싸게 그 안에서 플라스틱 통 하나를 꺼냈다. 작은곰이 무사히 도토리묵을 가져간 걸 확인한 뒤, 은호는 그 자리에 우뚝 멈춰 섰다.

"어? 하나가 빈다. 누가 '훔쳐' 갔나 봐."

어색하게 말하자, 엄마가 바구니에 있는 플라스틱 통을 직접 세고는 입술을 깨물었다.

"집에 두고 왔나? 하나는 병원 선생님한테 뇌물로 드리려고 했는데."

"깁스 일찍 풀어 달라고?"

"빈손으로 부탁하기 좀 그런데. 아이참, 병원은 담에 가지, 뭐."

엄마는 어쩔 수 없다며 아쉬운 얼굴로 돌아섰다. 어? 이러면 안 되는데……. 은호는 다급하게 엄마 팔을 잡았다.

"왜 안 혼내?"

"뭘 혼내?"

"하나 없어졌잖아. 그러니까 뭐라고 좀 해."

"됐어. 깁스 며칠 더 하지, 뭐. 얼른 가자."

엄마는 성한 팔로 은호에게 다붙어 팔짱을 끼려 들었다. 은호는 뒤로 풀쩍 물러서서, 나머진 엄마 혼자 하라며 플라스틱 통 두 개가 든 바구니를 손에 쥐여 주고는 돌아섰다.

"남은호! 너 엄마 두고 혼자 갈 거야? 엄마 아픈데? 야아! 엄마 심심해!"

엄마가 발을 굴렀지만, 은호는 뒤도 돌아보지 않고 뛰어가며 작은곰에게 조그맣게 말했다.

"도둑질하기 성공. 걸리는 것도 성공. 혼나는 것도 뭐…… 된 것 같은데?"

알아들었는지 어쨌는지, 작은곰이 도토리묵을 보물처럼 앞발로 안고 앞서 걸었다. 걸음걸이가 룰루랄라였다. 혼자 다 먹을 생각에 신이 났는지 세 발로 뛰기 시작했다. 엄마가 쫓아오기 전에 은호도 작은곰을 따라서 뛰었다. 바람을 가르며 달리자 스르르 입이 벌어졌다. 은호는 활짝 웃고 있었다.

13

~~1번. 도둑질하기. 걸려서 혼나기.~~

 다섯 개 중 한 개를 지웠다. 은호는 뿌듯한 미소를 지으며 양팔로 머리를 받치고 옆을 돌아보았다. 작은곰이 도토리묵을 우걱우걱 먹고 있었다. 그 모습을 보고 있자니, 되게 큰일을 해낸 것처럼 가슴이 뿌듯했다.
 은호는 오래전 교통사고 이후 말썽을 일으킨 적이 한 번도 없었다. 언제나 조용하고 착하고 말 없는 아이로만 지냈다. 또래들이 한 번쯤 저질렀을 법한 장난도 은호에게는 먼 나라 얘기였다. 조금 전에 훔친 건 고작 도토리묵일 뿐이고 도둑질이라고 하기엔 소소한 장난에 가까웠지만, 은호는 막혔던 숨통이 트이는 기분이었다. 이상하게도.

은호는 다음 버킷 리스트로 시선을 옮겼다.

2번. 식당에서 세상 제일 맛없는 음식 먹기.

"2번 말이야. 도토리묵 먹은 김에 같이 지워도 될 것 같은데?"

작은곰은 은호를 빤히 보며 혀를 길게 빼서 플라스틱 통을 싹싹 핥았다. 행동으로 대답을 대신했다. 은호에게는 도토리묵이 맛없는 음식일지 몰라도 작은곰에게는 별미였던 것이다.

목을 긁으며 고민하는데, 번쩍 아이디어가 떠올랐다. 은호는 이장 할아버지가 멋들어지게 써 준 나무 현판 '별밤산장'을 턱짓으로 가리킨 뒤 작은곰에게 따라오라고 손짓했다. 은하수별채 쪽에서 드릴 소리가 들리는 걸 보니, 외삼촌이 창문을 교체하는 중인 것 같았다. 본채 식당이 비어 있는 지금이 절호의 기회였다.

은호는 검지로 식당 벽에 걸린 사업등록증 액자를 가리켰다.

"정식으로 허가받은 식당이니까 여기 적힌 조건에 딱 맞아. 너도 인정?"

그러고는 곧장 휴대폰으로 검색했지만, 곰이 싫어하는 음식에 관한 정보는 없었다. 특별히 먹어서 안 되는 것도 없고. 곡물, 과일, 채소, 견과류, 벌레 등 곰은 잡식성이었다. 나무껍질마저 씹는 녀석이라 뭘 싫어하는지 알 수 없어 몹시 난감했다.

그런데 요리하려고 가스레인지 앞에 서니 이제까지는 보이지 않던 것이 보였다. 날마다 기름을 쓰는데도 기름 튄 흔적이 있는 양념통이 하나도 없었다. 부지런하고 깔끔한 엄마 성격에 새삼 놀랐다. 사람들이 별밤산장 음식이 맛있다고 하는 이유가 산에 올라오느라 허기져서 더 맛있게 느끼기 때문인 줄 알았는데, 그것 때문만은 아닌 듯했다. 이렇게 정성을 쏟으니 요리가 맛있을 수밖에.

"아! 그럼 엄마랑 반대로 하면 되겠구나!"

은호는 일부러 대충 만들어 망친 요리를 작은곰에게 디밀었다. 그러나 작은곰은 세상에서 가장 맛있는 음식을 대하듯 접시를 받자마자 허겁지겁 먹었다. 몇 번을 시도해도 결과는 같았다. 죄다 실패였다. 은호는 버킷 리스트 종이를 뚫어지게 바라보며 아랫입술을 깨물었다.

"싫어하는 게 대체 뭔데?"

"뭘 싫어해?"

외삼촌이 그새 창문 교체를 끝내고 들어오며 물었다. 은호는 아무것도 아니라며 얼버무렸다. 곧이어 엄마까지 빈 장바구니를 들고 올라왔다. 옆을 보니 작은곰은 어느새 가고 없었다.

늘 그랬듯이, 셋이서 식탁에 둘러앉아 저녁을 먹었다. 은호는 작은곰 때문에 온종일 뛰고 움직였더니 금방 소화가 돼서 밥을 세 공기나 해치웠다.

엄마가 입이 귀에 걸린 채 짜장과 밥을 새로 푸는 동안, 은호가 외삼촌에게 물었다.

"삼촌, 곰이 가장 싫어하는 게 뭐예요? 음식 중에서."

"곰이 싫어하는 게 어딨어. 다 좋아하지."

그럴 줄 알았다며 은호가 시무룩한 표정을 짓는데, 엄마가 그릇을 놓으며 명랑하게 말했다.

"곰 싫어하는 거 있잖아! 세상에, 둘 다 모르는 거야? 한국인 맞아? 마늘이랑 쑥이잖아!"

아주 오래전 곰과 호랑이는 인간이 되고 싶었다. 하늘에서 내려온 환웅에게 찾아가 간청하자, 그는 인간이 되는 방법을 알려 주었다. 인내심이 부족한 호랑이는 일찌감치 밖으로 뛰쳐나갔지만 곰은 동굴에서 백 일 동안 쑥과 마늘만 먹고 견딘 끝에 인간이 되었다. 웅녀와 환웅이 결혼해 낳은 아들이 고조선을 세운 단군왕검이라는 건국 신화다.

"마늘이랑 쑥을 백 일 동안 참고 먹으면 인간이 됐댔잖아. 곰이 싫어하는 음식이니까 그걸 조건으로 내건 거 아니겠어?"

엄마가 자신 있게 말했다. 외삼촌은 또 또 흰소리한다며 인상을 찌푸렸지만, 은호는 솔깃했다. 한쪽 눈썹이 위로 올라갔다.

엄마는 입가에 묻은 짜장을 닦으며 말을 이었다.

"종민아, 말 나온 김에 금요일 장에 가서 햇마늘 좀 사 오자. 다 떨어졌어."

집에 마늘이 없다는 말에 은호는 어깨가 처졌다. 한시바삐 작은곰을 떼어 내고 싶은데.

"엄마, 쑥 남은 거는……."

"진즉에 다 먹고 없지. 더 늦기 전에 쑥떡도 해야 하는데 손이 이래서."

"내가 내일 캐 올게."

금세 비운 그릇을 개수대로 옮기며 은호가 자원했다. 엄마와 외삼촌은 휘둥그레진 눈으로 은호의 뒷모습을 바라보았다.

배가 부르니 슬슬 졸음이 몰려와 은호는 반쯤 감긴 눈으로 방에 들어가자마자 침대에 뻗었다. 전에 없이 코까지 드르렁 골았다. 입도 헤벌리고.

늦은 밤, 엄마가 살짝 방문을 열고 은호를 들여다보았다. 이불을 다리에 돌돌 말아 끼고 자는 모습까지 제 아빠와 판박이였다. 천장을 보니 딱 붙은 야광 별이 희미하게 빛나고 있었다. 꼭 별이 코를 고는 것 같았다. 엄마는 은호가 자는 모습을 한참이나 흐뭇하게 바라보았다.

14

2번을 지울 생각에 은호는 마음이 바빠셨다.

눈 뜨자마자 서둘러 쑥을 캐러 마당으로 나왔다. 엄마 성화에 외삼촌도 부루퉁한 얼굴로 은호와 함께 쑥을 캤다. 엄마는 두 사람을 따라다니며 잔소리했다.

"그거 아니고 옆에 거. 어어, 그렇지. 이종민! 그건 잡초잖아."

"뽑는 김에 잡초도 정리하면 좋지, 뭘. 안 도와줄 거면 저리 가. 정신 사나워."

"여긴 더 없는 것 같으니까 저쪽으로 가 보자."

엄마는 욕실용 의자에 앉아 쑥이 많이 나는 곳을 알려 주었다. 외삼촌은 이게 다 은호 때문이라며 눈을 흘겼지만, 은호는 아랑곳 않고 나무 위쪽을 틈틈이 살폈다.

작은곰은 늦잠을 늘어지게 자고 한낮이 되어서야 움직였다. 엉금엉금 나무에서 내려와 뒷발로 옆구리를 긁더니 흙바닥에 등을 대고 요리조리 비볐다.

은호는 작은곰이 땅으로 내려오자마자 목에 걸고 있던 헤드셋을 썼다. 버킷 리스트를 끝내지 못했으니 언제 또 귀뽀뽀 공격이 들어올지 몰랐다. 하지만 작은곰은 떨어진 꽃잎을 얼굴에 붙인 채로 나비를 쫓아다니라 바빴다.

엄마가 한 손으로 턱을 괸 채 나비가 날아다니는 모습을 바라보며 꿈꾸는 듯한 목소리로 말했다.

"아유, 참 이쁘다. 저 나비 이름이 뭐지? 배추흰나비였나? 나비 보니까 은호 아빠 생각나네."

은호는 뜨끔했다. 또 시작이었다. 엄마는 틈만 나면 아빠와 함께한 추억을 유행가 흥얼거리듯 소환했다. 은근슬쩍 다른 곳으로 옮기려는데, 외삼촌이 여기 다 끝내고 가라면서 은호를 주저앉혔다. 은호는 절대로 대꾸하지 않으리라 마음먹고 호미로 쑥을 부지런히 캤다.

"매형이 나비처럼 쪼글쪼글 못생겼었나."

"네 매형 잘생겼어! 배추전 부쳐 주면 밥 세 공기는 뚝딱이었는데. 우리 은호처럼."

음악을 틀지 않아서인지 헤드셋을 썼는데도 대화하는 소리가 다 들렸다. 배추전이라는 말에 은호는 한쪽 눈썹이 위로 찍 올라갔다. 은호 기억 속에 아빠는 배추전이 아니라 샐러드를 좋아했다. 겨울 출장만 다녀오면 최소 일주일은 끼니마다 각종 채소를 드레싱도 없이 입안 가득 욱여넣고 먹던 아빠를 떠올리며, 은호가 혼잣말처럼 중얼거렸다.

"사막엔 싱싱한 채소가 귀해서 그랬나."

머릿속으로 떠올린 생각이 방심한 사이 입 밖으로 흘러나왔다. 엄마가 눈썹을 올리며 물었다.

"웬 사막?"

"……출장에서 돌아오면 엄마가 동네 슈퍼 돌면서 채소 잔뜩 사 왔잖아."

"사기신 신신헌 채소를 보기 힘드니까. 근데 아빠는 사막으로 출장 간 적 없어."

"전 세계에서 비가 제일 안 오는 곳으로 갔다고 했던 것 같은데……."

"그건 맞지만, 출장 갔던 데는 사막이 아니라 남극이야."

은호는 몸을 돌려 엄마를 보았다. 햇빛에 눈이 부셔서 눈살을 찌푸리며 물었다.

"아빠가 남극에 왜 가?"

"일하러 갔었지. 너 귀에 쓴 그것도 아빠 거잖아."

은호가 남극과 헤드셋이 무슨 상관이냐고 또 묻자, 엄마는 이때다 싶어서 헤드셋 꺼낼 때부터 벼르던 이야기를 시작했다. 남극에 가려면 직항 항공편이 없어서 여러 번 갈아타야 하는데, 아빠는 그중 수송기 엔진 소리가 가장 견디기 힘들어서 노이즈 캔슬링 헤드셋을 샀다는 것이다.

은호는 오래전 그날이 떠올랐다. 어릴 때 본 환상이 말도 안 되는 거라고만 여겼는데, 아빠가 출장 갔던 곳이 남극이라고 하니 미간이 좁혀졌다. 어린 시절 고래, 펭귄, 해파리를 본 게 우연이었을까? 그 환상은 언제 시작됐더라?

엄마와 외삼촌이 자리를 뜨자, 은호는 캐던 쑥 이파리를 작은곰 코에 불쑥 디밀었다. 작은곰은 입을 아 벌리고 날것 그대로 씹어 먹으려고 했다. 그 모습에 은호는 화들짝 놀랐다.

"얘는 왜 가리는 게 없어."

은호는 바구니를 제 가슴 쪽으로 숨기며 저리 가라고 작은곰을 밀어 냈다. 작은곰은 쑥을 더 맛보려고 앞발을 들었다. 은호는 절대 안 된다며 몸을 돌리고 부지런히 쑥을 캤다. 곧이어 쑥을 수북이 담은 바구니를 들고 일어나 식당으로 종종거리며 들어갔다.

식당에서는 엄마가 쑥떡 만들 채비를 하고 있었다. 엄마가 말로 일러 주면 은호가 억센 줄기도 손질하고, 가스레인지 화력도 살폈다. 볼일 봐야 한다며 별채로 도망갔던 외삼촌도 소환되었다. 엄마는 외삼촌을 램프종민이라고 불렀다. 램프만 문지르면 나오는 〈알라딘〉의 지니처럼 언제든지 부르면 온다고. 외삼촌은 구시렁거리면서도 함께 쑥을 손질했다.

맑은 물이 나올 때까지 흐르는 물에 쑥을 꼼꼼히 씻은 후, 체에 받쳐 물기를 뺐다. 팔팔 끓는 물에 굵은소금과 쑥을 넣고 뒤적이며 데치는 일은 은호가 직접 하겠다고 나섰다. 물기를 꾹 짜는 건 힘 좋은 외삼촌이 맡았다. 데친 쑥을 냉동고 안쪽에 넣어 식히는 사이, 멥쌀가루와 습식 쌀가루에 소금과 설탕을 가볍게 섞었다.

뜨거운 물을 조금씩 부어 가며 수제비처럼 질게 반죽하고, 먹기 좋게 둥글둥글 굴려 준 뒤 손바닥으로 납작하게 눌러 만들었다. 물을 끓여 김이 올라오자 찜기에 면포를 깔고 반죽을 올린 다음 뚜껑을 덮어서 쪘다.

몇 시간 뒤, 완성된 쑥개떡은 쫀득한 맛이 최고였다. 은호는 쑥개떡 하나를 빼돌려서 몰래 후추를 잔뜩 넣었다. 그런 뒤 산책하는 척 마당으로 나가자 작은곰이 은호를 따라 밖으로 나왔다.

"먹고 싶어?"

작은곰이 어서 달라고 앞발로 툭툭 쳤다. 은호가 심드렁한 표정으로 후추 넣은 쑥개떡을 몰래 줬더니 작은곰이 냉큼 받아먹었다. 잠시 후, 작은곰이 켁켁 기침을 했다. 맛없고 싫은지 오만상을 찌푸렸다.

　작은곰이 얼굴을 찌푸리고 괴로워하는 모습에 은호는 같이 얼굴을 찡그리면서도 속으로는 예스를 외쳤다. 종이를 꺼내 연필에 힘을 주었다. 선이 옆으로 주욱 그어졌다.

　~~2번. 식당에서 세상 제일 맛없는 음식 먹기.~~

15

 은호는 이틀 만에 버킷 리스트 두 개를 해치운 자신이 무척 대견스러웠다.

 세 개만 더 처리하면 작은곰도 사라지리라고 생각하니 힘이 불끈불끈 솟았다. 남은 버킷 리스트 중 3번이 그나마 괜찮아 보였다.

 3번. 별명 백 개 만들기.

 처음엔 백이라는 수에 좀 압도되었지만, 다시 보니 3번이야말로 식은 죽 먹기였다. 은호는 그 즉시 종이를 뒤집어서 깨알같이 적기 시작했다.

 서른 개쯤 넘겼을 때 눈이 스르르 감겼다. 다음 날 이른 새벽, 눈을 뜨자마자 스무 개를 더 적었다. 오십 개가 넘어가자 적는 속도가 차츰 느려졌다. 역시 처음부터 3번을 고르지 않은 데는 다 이유가 있었다. 해도 해도 끝이 없을 듯해서 피한 것이었다.

공식만 적용하면 풀리는 수학 문제보다 별명 만드는 쪽이 훨씬 더 어려웠다. 은호는 뒷머리를 긁적이며 거실로 나왔다. 물을 꺼내 마시려는데, 냉장고 문에 포스트잇이 붙어 있었다.

★♥ 웅포 미용실 다녀올 테니까 아침은 쑥개떡 챙겨 먹어! ^.~ ♥★

하트와 별을 섞어서 문장 앞뒤를 꾸미는 건 엄마 특유의 방식이었다. 꿀을 찍은 쑥개떡을 베어 물고 본채 바깥으로 나와 보니, 일주일 새 달라진 날씨가 확연히 느껴졌다. 해 뜨는 시간이 점점 일러졌고 산 공기가 아침부터 포근했다.

따스해진 공기 속에서 산속 고요한 정적을 깨는 소리가 있었다. 섬휘파람새가 요정처럼 뾰로롱 길게 우는 소리 사이로 딱딱 딱 딱딱 소리가 끼어들었다. 눈을 가늘게 뜨고 자세히 보니, 가슴이 붉은 큰오색딱따구리가 나무를 쪼며 벌레를 잡아먹고 있었다. 심은 지 몇 년 되지 않아 작은곰이 타고 올라가기엔 줄기가 약한 나무였다.

은호는 쑥개떡을 우물거리며 큰부리까마귀가 한 번씩 힘껏 고함치는 소리가 베이스처럼 깔린 산길을 걸어 올라갔다. 나무등치에 앉아 잠시 기다리자, 작은곰이 저 끝에서 신나게 달려왔다. 어차피 환상이니까 순간 이동처럼 뿅 나타나도 될 텐데 굳이 네발로 달려오다니. 기묘하다고 생각하며 자연스럽게 헤드셋을 썼다.

바짝 다가온 작은곰이 코를 킁킁댔다. 은호 손에 들린 게 어제 먹은 쑥개떡이라는 것을 알아채고는 콧잔등을 찡그리며 뒤로 물러섰다. 은호는 우물우물 떡을 씹으며 말했다.

"3번 말이야, 어젯밤부터 적어 봤거든? 들어 봐. 곰. 작디작은곰. 아주작은곰. 고미. 곰곰. 곰곰곰. 곰탱이. 미련곰탱이. 지리산곰. 꿀꿀이. 오해할까 봐 말하는데, 네가 꿀을 좋아하니까 그런 거지 절대 돼지를 떠올리고 쓴 건 아니야. 쪼그만곰. 조그만곰. 조조그만곰. 아주작은곰. 아, 이건 아까 했네. 너무작은곰. 됐지? 곰식이. 곰순이. 곰희. 곰철. 곰자. 곰이. 잘 들어. 아까는 '고미'였지만, 방금 건 '곰이'야. 발음이 좀 헷갈릴 수 있지만 둘은 엄연히 다르다고. 몇 개 했지? 하나, 둘…… 여기까지 스무 개!"

침을 삼켜 목소리를 가다듬고 종이에 적힌 것을 마저 읽었다.

"웅이. 웅웅이. 웅꿀이. 웅식이. 웅순이. 웅희. 웅철. 웅자. 웅탱이. 미련웅탱이. 지리산웅. 꿀웅이. 웅. 아주작은웅. 너무작은웅. 쪼그만웅. 조그만웅. 조조그만웅. 웅웅웅. 웅웅. 아주작은웅. 작디작은웅. 검은곰. 작디작은검은곰. 아주작은검은곰. 검은고미. 검은곰곰. 검은곰곰곰. 검은곰탱이. 검은미련곰탱이. 검은지리산곰. 검은꿀꿀이. 검은쪼그만곰. 검은조그만곰. 검은조조그만

곰. 검은너무작은곰. 검은곰식이. 검은곰순이. 검은곰희. 검은곰철. 검은곰자. 검은곰이. 여기까지 예순두 개야. 이어서, 흑 시리즈. 흑곰……."

누가 리모컨 마이너스 버튼을 꾹꾹 누른 것처럼 은호 목소리가 점차 작아졌다. 작은곰의 싸늘한 표정을 보니, 이런 식으로 별명을 만들었다가는 연필을 부러뜨릴 것만 같았다. 그렇지만 은호도 할 말이 있었다.

"별명은 친한 사이에나 붙여 주는 거잖아. 근데 너랑 나랑 알게 된 지 이제 겨우 일주일 지났는데, 나더러 어떡하라고."

작은곰은 상처받은 표정으로 바닥을 보았다. 덩달아 마음이 약해진 은호가 타협을 시도했다.

"3번 말이야. 꼭 백 개여야 해? '많이 만들기' 정도론 안 될까?"

작은곰은 두 앞발을 들었다가 바닥으로 쿵쿵 찍었다. 꼭 백 개여야 한다고 주장하는 것처럼.

"너, 백 다음 숫자 모르지? 너한테 숫자는 백이 제일 큰 거 아니야? …… 반응 보니까 맞네. 온 세상 별명을 다 갖고 싶어? 우아, 진짜 욕심쟁이 아냐. 그거 다 가져서 뭐 하려고?"

답답해서 묻긴 했지만, 대답을 바란 건 아니었다. 작은곰은 인간의 말을 알아듣는 것 같았지만, 대답은 동물의 언어로 표현하기 때문에 구체적인 답변은 불가능하다는 사실을 은호도 알고 있었다. 하지만 이유가 너무 궁금했다.

"객관식으로 물어볼 테니까 골라 봐. 1번, 나는 욕심쟁이니까. 아니야? 그럼 2번. 별명 자체가 좋으니까. 그럼 뭐야? 3번, 별명을 갖고 싶어서? 이거야?"

작은곰이 고개를 끄덕였다. 은호는 턱을 매만지며 생각에 잠겼다. 대체 별명 따위가 왜 갖고 싶은 걸까. 한참 고민하다 고개를 돌려 보니, 작은곰은 벌레를 잡아먹느라 여념이 없었다. 작은곰은 만화에 나오는 곰 같지 않았다. 이모티콘에 쓰는 곰도 아니고, 봉제 인형처럼 생긴 곰 인형과도 달랐다. 움직이고 먹고 달리는 녀석은 꽤 사실적이지만, 또 사실적이지 않았다.

환상인 줄 뻔히 알면서도, 작은곰이 한가롭게 나비를 쫓거나 투박한 앞발로 열심히 벌레 잡아먹는 모습을 볼 때면 절로 미소가 번졌다. 은호는 작은곰이 싫지 않았다.

어릴 때도 그랬다. 뒤뚱뒤뚱 걸어 다니는 펭귄을 처음 봤을 때 은호는 세상 누구보다 환하게 빛났다. 자기가 보는 아름다운 것을 친구들과 나누고 싶었다. 은호는 선물을 주었다고 생각했지만, 아이들은 '거짓말쟁이'라는 말로 은호를 할퀴었다. 그때가 떠오르자, 돌덩이를 얹은 것처럼 가슴이 답답했다.

은호는 제 눈에만 보이는 환상을 가족에게 감출 수 있을 만큼 자랐다. 이제는 아무도 이상한 별명으로 놀릴 수 없었다. 지금처럼 혼자서 감내한다면.

'얼른 처리하고 끝내자. 그럼 다시 일상으로 돌아갈 수 있어.'

은호는 종이를 허벅지에 받친 다음 연필을 들었지만, 한참 동안 연필을 잡고만 있었다. 흑 시리즈와 반달 시리즈로 대충 백 개를 채우고 싶지 않았다. 은호는 몽당연필과 종이를 주머니에 넣고 일어섰다. 작은곰은 벌레를 잡느라 은호에게 신경 쓰지도 않았다. 버킷 리스트가 대체 누구 것인지 모르겠다고 구시렁대면서 은호는 별밤산장 쪽으로 내려왔다.

외삼촌이 마당에서 장작을 패고 있었다. 문득 190센티미터가 넘는 거구의 외삼촌이 꼭 곰 같다는 생각이 들었다.

그새 미용실에서 돌아온 엄마가 다가와 속닥였다.

"네 외삼촌 저러고 있으니까 꼭 화난 곰 같지?"

"깜짝이야. 언제 왔어?"

"방금. 아침은 맛있게 먹었어, 우리 아들?"

"어. 근데, 머리는 똑같네?"

"너무 간지러워서 샴푸 좀 해 달라고 간 거거든. 팔이 이래서 혼자서는 감기 힘드니까."

엄마에게서 낯선 샴푸 향이 진하게 풍겼다. 미용실까지는 걸어서 삼십 분이 넘었다. 아침부터 동동거렸을 엄마를 생각하자 은호는 괜히 머쓱해져서 혼잣말처럼 중얼거렸다.

"뭐 하러 머리 감으러 거기까지 가. 그냥 나나 외삼촌 부르지."

"어? 진짜 그래도 돼? 그럼 내일은 우리 은호가 엄마 머리 감겨 주는 거야?"

"아, 나 말고 외삼촌한테 부탁해."

"어유, 됐네요."

"근데 외삼촌 어릴 때 별명이 혹시 곰이었어?"

"그냥 곰 아니고 콜라곰. 예전에 콜라 광고에 북극곰 나왔거든. 북극곰이 곰 중에 제일 클걸?"

"외삼촌은 어렸을 때부터 컸구나."

"콜라곰은 고등학교 올라가 몸이 커지면서 생긴 별명이고, 어렸을 때는 피카종민이었지."

"피카추? 외삼촌이?"

"……피카소. 우리 종민이, 옛날엔 그림 진짜 잘 그렸는데."

외삼촌은 어릴 때는 피카종민, 좀 커서는 콜라곰으로 불렸다. 이종민이라는 평범한 이름보다는 사연 있는 별명이 더 특별하게 느껴졌다.

16

"삼촌, 딱 하나만 골라야 한다면 콜라곰이 좋아요, 피카종민이 좋아요?"

"아이, 씨. 네 엄마가 말했지? 하여간 저 수다쟁이. 그게 언제 적 얘긴데."

외삼촌은 장갑 낀 손에 침을 퉤 뱉고는 도끼를 야무지게 쥐었다.

"둘 다 싫어. 아니다, 피카종민이 더 싫어. 군대 가면 가족한테 편지 쓰는 시간이 있거든? 누나한테 썼는데, 답장으로 온 편지 시작이 '피카종민에게'이었어. 그날부터 선임들이 나만 보면 삐까 삐까 하면서 놀렸는데. 아우, 그때 생각만 하면 진짜."

외삼촌은 질색했지만 은호는 웃음이 빵 터졌다. 콜라곰처럼 생긴 거대한 피카추 몸에 눈이 단춧구멍처럼 작은 외삼촌 얼굴을 겹쳐서 상상하자, 웃지 않고는 배길 수 없었다.

"근데 별명은 왜?"

"삼촌 장작 패는 모습이 뒤에서 보니까 꼭 화난 곰 같았거든요."

외삼촌은 '곰'이라는 말에 미간을 찌푸리며 목장갑을 벗었다. 그사이 엄마는 볕이 좋으니 별채 이불 빨래를 해야겠다고 난리였다.

외삼촌이 엄마한테 들리지 않게 목소리를 깔고 은호에게 물었다.

"최근엔 곰 본 적 없어? 왜 접때 곰 발자국 봤다고 했잖아."

"아, 아뇨. 없어요."

외삼촌이 마당 끄트머리에 웃자란 나무를 보고 고개를 옆으로 기울였다. 작은곰이 종종 올라가 낮잠을 자는 줄기가 튼실한 나무였다.

"어? 여기 왜 나무가 패어 있지? 이거 곰 도장 같은데."

은호는 얼굴에서 핏기가 사라졌다. 외삼촌도 이게 보인다고? 내 눈에만 보이는 게 아니고?

"도, 도장이요?"

"곰이 올라갈 때 발톱으로 나무를 찍거든. 그럴 때 이런 도장이 남아. 먹이 때문에 오르기도 하지만…… 이 나무는 먹을 게 없을 텐데. 네 말대로 정말 곰이 여길 왔었나?"

"따, 딱따구리 아닐까요?"

"에이, 이래 봬도 삼촌이 지리산에서만 이십 년인데, 딱따구리 흔적이랑 곰 도장도 구분 못 할까? 곰 도장 확실해!"

나만의 환상이 아니었나? 진화를 거쳐 변하는 중인가? 어떻게 된 거야! 은호는 생각이 중구난방으로 튀었다.

옆에서 외삼촌이 파인 부분을 사진 찍으려는데, 마침 주머니에 휴대폰이 없었다. 일하다가 떨어뜨릴지 몰라 장작을 패기 전에 빼 둔 것이다.

"종민아! 보름달별채 세탁기 좀 봐 줘. 애 또 말썽이야."

"어어! 은호 너도 연장함 들고 따라와라."

엄마가 본채로 간 동안 외삼촌은 별채 쪽 세탁기를 고치며 은호에게 곰 이야기를 했다.

"곰이 냄새를 얼마나 잘 맡는지 얘기해 줬지? 경찰견 몇 배라고?"

"일곱 배요."

"잘 기억하네. 곰은 냄새의 세계에 살고 있어. 지리산에 방사한 곰들 귀에 추적기를 주기적으로 교체해 줘야 하는데, 그러지 못한 애들이 많아. 포획된 경험이 많은 곰들은 직원들 몸이나 포획 장비에서 나는 냄새를 미리 맡고 내빼는데, 그 바람에 생사를 확인하지 못한 곰들도 꽤 많지. 아, 여기가 문제였네."

"그런 곰들은 다 귀에 노란 추적기가 있죠?"

"그렇겠지. 제 힘으로는 못 뺄 테니까. 근데 없는 녀석들도 있을 거야. 사람을 경계하는 곰이 새끼를 낳았다면, 그 새끼 곰은 추적이 불가능할 테니까."

은호는 작은곰의 정체가 궁금했다. 혹시 지리산에 방사된 곰이 죽어서 귀신이 된 걸까. 그렇다고 해도, 왜 나를 찾아온 거지? 왜 나한테만 보이는 걸까? 환상이냐 귀신이냐 그것도 아니면 대체 뭐냐를 두고 은호는 심각하게 고민했다.

외삼촌이 연장함을 닫으며 말을 이었다.

"어쩌면 이 주변을 돌아다니는 녀석이 추적 불가능한 곰일 수도 있으니까, 만약에……."

"세탁기 다 고쳤어? 역시 이종민! 자, 이거 마셔. 은호 너도."

엄마가 얼음 동동 띄운 오미자차를 내밀었다. 엄마가 세제를 넣고 세탁기를 조작하는 동안 별채 밖으로 나가며 외삼촌이 은호한테만 들리게 말했다.

"네 엄마 겁 무지 많으니까, 확실해지기 전까지 우리끼리만 알고 있자."

은호는 비장하게 고개를 끄덕였다. 무덤까지 비밀로 할 생각이었다.

점심을 먹고 나니 별채 세탁기마다 이불 빨래가 끝났다는 벨 소리가 경쾌하게 울렸다. 본채 지붕 끝과 마당의 나무 사이에 줄을 연결했다. 은호가 의자 위에 올라가 지붕 쪽을 맡는 동안, 외삼촌은 나무 쪽을 맡았다. 자연스럽게 대화가 이어졌다.

"외삼촌! 어릴 때 별명이 피카소였다면, 그림 잘 그리는 거 맞죠?"

"피카소는 무슨. 그냥 누나가 날 놀린 거지. 다 옛날얘기야."

"외삼촌 그림 못 봤는데. 하나 보여 줘요."

"너 어릴 때 살던 집에 가면 직소 퍼즐 널려 있던데?"

"그거 외삼촌이 그린 거였어요?"

"누나가 고흐를 좋아했거든. 선물로 그린 거야."

은호는 오래전 직소 퍼즐에 집중하던 때가 떠올랐다. 자꾸 뽀뽀하고 싶어 옆에서 기회만 노리던 아빠가 뒤이어 떠오르자, 합선된 것처럼 미간이 움찔했다. 은호는 일부러 화제를 그림으로 돌렸다.

"근데 피카소랑 고흐는 좀 다르지 않아요? 왜 삼촌 별명이 피카소예요?"

"네 외할머니가 내가 그린 그림을 보고 피카소 같다고 했거든. 그때부터 누나가 '내 동생은 한국의 피카소가 될 거다' 동네

방네 떠들고 다녔지."

외삼촌 두 볼에 살굿빛이 감돌았다. 외삼촌이 쑥스러워하는 모습은 처음이었다. 은호는 외삼촌이 새삼 다르게 보였다. 산에서 같이 자고, 먹고, 생활하면서 은호는 아무것도 보지 않았고 그 무엇도 듣지 않았다. 그것이 세상에서 자신을 보호하는 방법이라고 생각했다. 그것이 자기가 세상에 해를 끼치지 않고 사는 길이라고 생각했다. 그런데, 과연 그랬을까.

일곱 살 때 모든 것이 멈춘 채로 시간만 훌쩍 지나 버렸다는 데 생각이 미치자 입안이 썼다. 은호는 별명을 계기로 외삼촌이 어떤 사람인지 더 알고 싶어졌다. 그래서 물었다.

"그림 더 없어요? 직소 퍼즐 말고 진짜 그림이요."

"없어. 다 없앴는데, 그건 누나한테 선물로 준 거라 남아 있었던 거지."

"왜 더는 안 그려요?"

"네 외할아버지가 싫어하셨어. 중학교 때 죽도록 맞고 난 뒤로 다신 안 그렸지."

외삼촌은 이불을 펴기 위해 나무 막대기로 착착 두드리면서 담담하게 답했다. 생각해 보니, 외할아버지 얘기를 들은 게 별로 없었다. 왜 엄마와 외삼촌은 외할아버지 이야기를 하지 않는 걸까. 그리고 외할아버지는 왜 외삼촌이 그림 그리는 걸 싫어했을까.

"엄마는 어렸을 때 별명 없었어요?"

"당연히 없지. 나야 별명이 수십 개였지만, 네 엄만 학생 때 인기 없었거든."

"별명이랑 인기랑 무슨 상관이에요?"

"별명이 많다는 건 그만큼 사랑받는다는 증거잖아. 그래서 네 엄마가 요즘 '꽃처녀' 별명에 꽂힌 거야. 어이구, 저런! 부끄러운 줄 모르고 또 머리에 꽃 꽂고……. 어휴, 남사스러워."

엄마는 오늘도 분홍 두건을 쓰고 노란 수선화를 귀에 다소곳이 꽂았다. 수첩에 저녁 메뉴를 적는 중간중간 깁스한 팔을 한 번씩 긁으면서.

잠시 후, 작은곰이 산장 쪽으로 달려왔다. 은호는 이불을 다 널었으니 혼자 좀 쉬겠다면서 산 위로 올라갔다. 작은곰이 몸을 돌려 은호를 따라갔다. 산장에서 한참 떨어진 곳에 다다르자, 은호는 몽당연필을 꺼내 종이 뒤에 별명들을 적으며 입으로 읽어 주었다.

"……별밤주인, 산장지기, 이모, 아줌마, 저기요, 꽃처녀, 콜라곰, 피카종민, 삐까삐까. 여기까지 딱 백 개!"

작은곰은 고개를 갸웃하며 은호를 빤히 바라보았다. 은호는 뻔뻔하게 덧붙였다.

"3번 봐 봐. '별명 백 개 만들기'지, 너한테 별명을 만들어 주라는 말은 없잖아."

작은곰은 항변하고 싶은지 입을 실룩였다. 은호는 선심 쓰듯 덧붙였다.

"옜다, 기분이다. 마지막 보너스 하나 더. '은곰'. 이건 네 거야."

작은곰은 '은곰'이라는 글자를 뚫어지게 들여다보았다. 은호와 은곰. 꼭 '은'을 돌림자로 쓰는 형제 같았다. 작은곰은 종이 뒷장 마지막 글자에 앞발을 쾅 찍었다. 수많은 별명 중 제일 마음에 드는 별명이라고 인정하듯이. 쾅, 도장 찍듯이.

은호는 별명이 없었다. 외삼촌은 별명이 많았다. 엄마는 최근에 별명이 생겼나.

아빠는 어땠을까. 아빠에게도 별명이 있었을까. 은호는 아빠에 관해 아는 것이 없었다. 공원에서 자기 눈에 보이는 것들을 열심히 설명했지만, 아빠는 끝내 그것을 보지 못했다. 아빠는 끝까지 날 거짓말쟁이로 생각하며 눈을 감았을까. 오래전 그날은 여전히 은호 가슴 한구석에 상처 입은 짐승처럼 웅크리고 있었다.

17

 주말 내내 버킷 리스트를 하나도 지우지 못했다.

 남은 건 4번, 5번. 딱히 내키지는 않지만, 은호는 현실적으로 가능한 5번이 낫다고 생각했지만, 작은곰은 자꾸 4번을 하자고 고집했다.

 4번. 외계인과 ET 손가락 대기.

 산장 일이 바쁘다는 핑계로 은호가 버킷 리스트 해결을 미루는 사이 월요일이 밝았다. 별밤산장이 한산해지자 은호는 산 뒤쪽으로 올라갔다. 나무둥치에 앉으면 산장 전체가 환히 내려다보였다. 작은곰은 앞발로 은호 등을 때리며 4번을 하자고 재촉했다.

 "도대체 어디서 외계인을 찾아 어떻게 ET 손가락 대기를 하냐고."

사실 은호는 ET가 뭔지 몰라 그동안 검색까지 했다. ET는 지구 외 존재인데 영화에서는 외계인을 뜻했다. 괴상하게 보였던 ET 손가락 대기는 영화뿐 아니라 의학 테스트 그리고 미술 분야에서도 꽤 유명했다. 미켈란젤로가 시스티나 천장에 그린 〈천지창조〉에서 손가락이 닿을락 말락 한 모습이 여러 모습으로 패러디되어 인터넷에 돌아다녔다.

작은곰은 어서 4번을 해결해 달라고 졸랐지만, 이건 도저히 불가능했다. 그렇다고 이제 와서 안 하겠다고 뺄 수도 없고, 답답하기는 은호도 마찬가지였다.

잠깐만, 혹시 그거라면…….

은호가 벌떡 일어나 별빔산장으로 내려갔다. 마당 한쪽에서 외삼촌이 텃밭을 만들어 보겠다며 가래로 흙을 갈아엎고 있었다. 은호는 외삼촌 코앞으로 휴대폰을 내밀며 부탁했다.

"외삼촌, 이것 좀 그려 줘요. 여기 이 남자는 곰, 이 할아버지는 ET로 바꿔서."

말도 안 되는 버킷 리스트를 엉뚱한 방법으로 해결할 생각이었다.

"곰은 왜."

ET보다도 곰이 더 이상하게 느껴지나? 은호는 코를 긁으며 생각나는 대로 둘러댔다.

"어, 그게…… 별밤산장 시그니처를 만들면 어떨까 해서요. 벽화를 그리는 거죠. 지리산은 곰이 유명하잖아요. 요즘은 패러디가 유행이고."

외삼촌은 이맛살을 찌푸렸다. 열다섯 살 소년 머리에서 나올 법한 생각이긴 하지만 왠지 찝찝했다.

은호는 외삼촌이 안 된다고 하면 어쩌나 초조해졌다. 어설프게 그림으로 버킷 리스트를 해결하는 게 통하려면 그림이 끝내줘야 할 것 같아 외삼촌에게 부탁한 건데, 너무 경솔했나.

"물감 사러 가자. 누나! 누나도 준비해. 시내 가는 김에 병원 들르게."

외삼촌이 운전하고, 엄마가 조수석에 앉고, 은호가 뒤에 앉았다. 외삼촌이 별채에 벽화를 그릴 생각이라며 은호의 제안을 이야기했다.

엄마는 ET 이야기에 목소리가 높아졌다.

"세상에, 은호가 ET를 알아? 그거 진짜 오래된 건데. 근데 갑자기 외계인은 왜? 우리 아들 외계인에 관심 있니?"

"별로."

"외계인, 우주, 별. 이런 쪽 별로야?"

엄마가 조수석에서 몸을 돌려 기대하는 눈빛으로 은호를 쳐다보았다. 엄마가 왜 그런 눈빛으로 보는지 전혀 모르겠다는 표정으로 은호가 응수하자, 외삼촌이 거들었다.

"네 아빠가 천문학자였잖아. 그래서 혹시나 기대하는 거지."

"남극에 출장 갔던 거면 해양 연구원 같은 직업 아니에요?"

"꽤 인정받는 천문학자였어. 그러니까 해마다 겨울이면 프로젝트 때문에 남극에 갔지."

은호는 얼굴이 어두워졌다. 아빠에 관해 이렇게 몰라도 되나, 생각이 들었다.

엄마는 추억이 파도처럼 밀려오는지 눈빛이 아련해졌다. 그러다가 분위기를 바꾸려는 듯 종알종알 말을 이었다.

"근데 〈천지창조〉 패러디보다 자전거 포스터가 더 낫지 않아? 은호는 그 장면 모르나? 그 영화 안 봤지? 잘됐다. 이따 밤에 빔 쏴서 같이 보자. 오랜만에 재미있겠다!"

은호는 대충 고개를 주억거렸다. 영화는 봐도 그만 안 봐도 그만이었다. 버킷 리스트 4번을 지울 생각에 엉덩이가 들썩였다.

문득 외삼촌이 백미러를 보며 물었다.

"뒷자리 불편하니?"

은호는 오랜만에 차를 타서 그렇다며 어색하게 웃었다. 외삼촌은 다시 앞을 보고 운전했다. 외삼촌은 지난 주말부터 가끔 심각한 표정으로 은호를 지그시 바라보곤 했다.

시내에 도착하자마자 병원부터 갔다. 외삼촌이 주차하는 동안 엄마는 은호와 대기석에 앉아 기다렸다. 월요일이라 그런지 병원에 사람이 많았다. 지루하다는 핑계로 엄마가 은호에게 불쑥 검지를 내밀었다. 은호는 귀찮아하는 표정으로 검지를 들어서 왼쪽으로 향한 채 멀뚱히 있었다. 가까이 가기 귀찮으니, 엄마가 알아서 오라는 뜻이었다. 그런데 엄마가 자꾸 헛손질을 했다.

"이게 왜 안 되지? 다시."

엄마는 입술을 오므리고, 고개를 턱 쪽으로 당긴 채 눈을 가늘게 뜨고, 천천히 은호에게 다가갔다. 이번에도 손가락이 옆으로 미끄러졌다. 은호는 재미없다면서 자기 검지를 엄마 검지에 가져다 댔다.

"이제 됐지?"

"으응. 깁스해서 그래. 깁스 풀고 다시 하자."

"이선민 씨."

접수처에서 간호사가 엄마를 불렀다. 엄마는 자기 차례가 된 줄 알고 벌떡 일어나 그쪽으로 갔다. 간호사가 뭐라고 소곤소곤 말하자 엄마 얼굴이 굳었다.

잠시 후 엄마가 은호에게 말했다.

"좀 오래 걸릴 거라서. 화방이 여기서 좀 머니까, 외삼촌이랑 둘이 다녀와."

엄마가 등을 떠밀어서 은호는 마지못해 밖으로 나왔다. 주차하고 병원 쪽으로 오던 외삼촌은 다시 차에 탔다. 화방은 병원에서 차로 15분 거리였다. 운전하면서 외삼촌이 물었다.

"오늘은 헤드셋 안 썼네?"

"산장도 아닌데, 뭐."

"산장에선 왜 맨날 헤드셋을 쓰고 있는 거야? 노래도 안 들으면서."

말투가 평소와 미묘하게 달랐다. 은호는 대답하지 않고 창밖으로 시선을 돌렸다. 주변 풍경이 빠르게 휙휙 지나갔다. 봄에서 여름으로 가는 길목이라, 가로수 잎이 점점 무성해지고 있었다.

외삼촌이 연이어 물었다.

"곰 좋아하니?"

"딱히."

"요즘 곰 얘기를 많이 하길래."

은호는 버튼을 눌러 창문을 열었다. 바람이 세차게 들어오는 것을 구실로 대답을 피했다.

화방에 도착해 물감을 고르면서 외삼촌이 또 꼬치꼬치 캐물었다.

"곰이 무슨 색깔이야? 하얀색? 검은색? 혹시 반달가슴곰이야?"

"지리산인데 벽에 콜라곰 그리면 이상할 텐데."

은호는 말을 짧게 하며 등을 돌렸다. 외삼촌은 은호 뒤를 따라 걸으며 계속 물었다.

"외계인은? 초록색?"

"어, 뭐."

"근데 ET면 갈색 계통인데."

"삼촌 원하는 색깔로 그려요. 난 외계인 쪽은 잘 몰라서."

"곰은 잘 알고?"

은호는 몸을 돌려 외삼촌을 올려다보았다. 외삼촌이 미간에 힘을 주고 은호를 내려다보고 있었다.

은호는 바지 주머니에 손을 넣고 삐딱하게 물었다.

"묻고 싶은 게 뭐예요?"

"언제부터 곰이 보였어? 지금도 보이니?"

18

집으로 돌아오는 내내 아무도 말이 없었다.

은호는 외삼촌을 보았고, 외삼촌은 백미러로 은호를 흘긋거렸다. 잠깐씩 돌아보는 눈이 꼭 감시하는 것 같았지만, 은호는 눈을 피하지 않았다. 눈싸움하듯 힘을 주고 마주 보았다. 처음부터 이 싸움은 은호가 이길 수밖에 없었다. 외삼촌은 운전 때문에 앞을 봐야 하니까. 그렇지만 이겼다는 생각은 들지 않았다. 은호는 외삼촌에게서 매몰차게 고개를 돌렸다.

지금 필요한 것은 거리 두기였다. 은호는 거리 두기의 귀재였고 검증된 신동이었다. 어릴 때 은호는 도미노 게임에 빠져 시간이 어떻게 가는지도 몰랐다. 도미노 게임은 간단했다. 연이어 세워 놓은 팻말의 한쪽 끝을 넘어뜨리면 그다음 팻말이 넘어지고 그것이 주르륵 이어져 마지막을 향해 달린다. 일정한 방향으로 팻말이 쓰러지면서 만들어진 그림은, 한 발짝 뒤로 물러나서 보면 더 선명하게 다가왔다. 은호는 도미노 게임이 좋았다.

규칙은 간단했지만 과정은 쉽지 않았다. 팻말을 세울 때 한 부분만 실수로 넘어뜨려도 대참사가 일어났다. 만들고 싶은 그림이 커질수록 실패는 잦아졌다. 몇 시간마다 차르르 팻말이 주저앉는 소리를 들으면 덩달아 은호 마음도 무너졌다. 출장 가방을 챙기던 아빠가 떠나기 전에 살짝 팁을 알려 주었다. 안전장치로 중간중간 도미노 팻말을 비워 두면 전체가 속절없이 무너지는 걸 막을 수 있다고.

은호는 속으로 외삼촌과 거리를 두겠다고 다짐했다. 쓰러진 도미노 팻말이 엄마에게 닿지 않도록.

한편, 엄마는 창문을 끝까지 내리고 밖으로 손을 내밀었다. 하이 톤 목소리와 빙글거리는 눈웃음이 사라진 엄마는 지쳐 보였다. 은호는 백미러로 보이는 엄마의 무표정이 낯설었다. 은호에게 엄마는 동동거리는 다람쥐였고 나풀거리는 나비였다. 은호에게 다람쥐나 나비는 절대로 늙지 않는 존재였다.

잠시 후, 엄마가 오른손 손가락을 움직였다. 엄지와 소지, 엄지와 약지, 엄지와 중지, 엄지와 검지를 차례로 맞대며 반복했다. 무슨 의식처럼 자꾸 반복해서.

"누나 뭐 해?"

"그냥. 깁스 푸니까 좋아서."

"실없긴. 참, 아까 병원에서 결제할 때 간호사가 추가 검사 생각해 보라던데 무슨 소리야? 깁스 너무 일찍 풀었대? 다시 CT 찍재?"

"병원들은 다 똑같아. 아무것도 모르면서 돈 벌려고 막 비싼 거 찍자 그러고."

외삼촌과 은호의 시선이 동시에 엄마에게로 돌아갔다. 불편한 침묵 속에서 집에 도착했다. 외삼촌은 차에서 짐을 꺼내 안으로 옮긴 뒤 은호에게 작은 소리로 말했다.

"밖에서 잠깐 얘기 좀 하자."

싫다고 말하러 했다. 아니면 화방에서처럼 침묵하거나. 침묵은 효과적인 거리 두기 방법이니까. 은호는 고개를 돌려 엄마의 뒷모습을 보았다. 엄마가 알기 전에 외삼촌과 말을 맞추려면 피할 수만은 없었다. 은호는 입술에 침을 바르고 외삼촌을 따라나갔다.

외삼촌은 나무 앞에 서 있었다. 은호는 슬쩍 위를 보았다. 다른 곳으로 갔는지 나무 위에는 작은곰이 없었다. 마음을 단단히 먹었다. 나무에 찍힌 곰 도장 때문에 의심하는 거라면, 아니라고 부정하면 그만이었다. 곰 발톱이 나무에 박힌 것도 아니고,

나무껍질이 조금 떨어져 나간 것뿐이니까. 외삼촌 눈에는 곰이 보이지 않는다. 유도 신문에 걸려들지 않는 게 중요하다. 마음에 빗장을 걸듯 은호는 주문처럼 속으로 몇 번이고 되뇌었다.

"곰 얘기 몇 번 했다고, 곰이 보이니 마니 몰아가면 좀 억울한데. 제가 언제 곰 봤다고 했어요? 그리고 어릴 때 본 건, 아니 봤다고 착각한 건 곰 같은 게 아니었어요. 저도 이제 열다섯이고, 그때랑은 완전히 다르다고요."

"어릴 때도 봤었어?"

은호는 입을 다물었다. 엄마가 외삼촌에게 그 이야기는 하지 않은 건가. 생각해 보니, 사고가 나던 그날 환상을 본 이야기는 아무한테도 하지 않았다. 엄마에게도. 고래랑 펭귄이 보인다고 해서 유치원에서 놀림받은 것만 알 텐데, 괜히 찔려서 앞서 나간 것이다.

"그게 언제야? 매형 사고 나기 전에 보였니? 은호야, 삼촌 봐. 그때 본 거야? ……맙소사."

외삼촌은 은호의 침묵을 긍정으로 받아들였다. 주머니에서 손을 꺼내 얼굴을 거칠게 비볐다. 숨을 가쁘게 내쉬면서 주위를 왔다 갔다 했다.

은호는 뻣뻣하게 서서 단호하게 말했다.

"곰 발자국이나 곰 도장 같은 것 가지고 이상하게 몰지 말아요."

"저 나무에 찍힌 곰 도장을 진짜 곰이 그랬다고 할 거니?"

"그냥 나무 좀 파인 거잖아요. 그게 뭐요? 곰이 아닐 수도 있죠. 곰 도장이니 뭐니 한 건 외삼촌이에요. 왜 날 이상하게 몰아요?"

외삼촌은 휴대폰을 꺼내 사진첩을 보여 주었다. 며칠 전 낮에 나무를 찍은 사진이었다. 찍은 날짜는 지난 목요일 낮 2시 36분. 사진에 찍힌 나무는 파인 자국 없이 말끔했다. 곰 도장은 오직 은호와 외삼촌 눈에만 보였다.

"넌 아니길 바랐는데."

19

"엄마한테도 보여요?"

외삼촌은 고개를 가로저었다. 은호는 혼란스러웠다. 엄마는 보이지 않는데 외삼촌은 보인다니, 어떻게 알게 됐을까. 어디까지 아는 걸까.

"혹시, 외삼촌도 그게 보여요?"

환상. 가짜. 거짓말. 꿈. 상상. 그중 어떤 단어를 선택해야 할지 몰라서 은호는 '그것'이라고 얼버무렸다.

"처음 그게 시작된 건 네 나이 때였어. 사춘기여서 그 능력이 더 특별하게 느껴졌지."

외삼촌 눈에 현실과 다른 것이 보이기 시작한 건 열네 살 생일 때였다. 사람마다 각기 다른 색을 지닌 아우라를 뿜어내는 모습에 외삼촌은 매료되었다. 색은 고정적이지 않고 시시때때로 바뀌었다. 외삼촌은 찰나처럼 스치는 아름다움을 붙잡고 싶었다. 색이 계속 변해서 외삼촌은 크로키로 빠르게 형태를 잡은 다음 색을 표현하는 데 집중했다.

외삼촌이 연습장에 그린 그림을 제일 먼저 발견한 사람은 외할머니였다. 방을 청소하다가 첫 장부터 마지막까지 다 채워진 그림을 보고 외할머니는 감탄했다.

"꼭 예술 작품 같네. 전시회 열어도 되겠는데? 어디서 영감을 받은 거니?"

"상상해서 그린 건 아니에요. 얼마 전부터 보였어요."

"사람들이 '이렇게' 보인다고?"

외삼촌은 수줍게 고개를 끄덕였다. 외할머니는 말이 없었다. 외삼촌은 칭찬받으려고 부풀리거나 허세를 부리는 성격이 아니었다. 진짜로 이렇게 보이는 게 분명했다.

외할머니는 혼자 병원을 찾아다니며 외삼촌의 증상을 설명했다. 의사들의 말은 한결같았다. 환각을 보는 건 뇌 쪽에 문제가 생겼기 때문일 수도 있으니 정밀 검사를 받아 봐야 한다고.

외할머니는 엄마가 고등학교 수학여행을 가기를 기다렸다가 외삼촌을 따로 불러 의사에게 들은 말을 그대로 전했다. 외삼촌은 화를 냈다. 특별한 비밀을 나누었다고 생각했는데, 엄마는 그

것을 병이라고 여겼다니. 어떻게 그럴 수 있느냐고! 엄마 눈엔 내가 환자로 보이느냐고!

외삼촌이 외할머니와 크게 싸운 탓에 퇴근해서 귀가하던 외할아버지까지 알게 되었다. 외할아버지는 연습장을 보았다. 색과 빛에 집중하기 위해 형태를 크로키로 빠르게 그려서 외삼촌이 그린 인체는 비율도 맞지 않고 기괴해 보였다. 외할아버지 눈에 그것은 악마가 그린 그림으로 보였다.

외할아버지는 연습장을 불쏘시개로 태워 버리면서 외삼촌이 다시 그림을 그리면 손모가지를 부러뜨리겠다고 화를 냈다. 외삼촌은 나한테 대체 왜 이러느냐고 소리치며 맞섰고, 외할아버지는 손에 잡히는 대로 물건을 집어 외삼촌을 때렸다.

엄마가 수학여행을 마치고 집에 돌아왔을 때, 외삼촌은 더는 그림을 그리지 않았다. 외할머니는 매일 눈물을 훔쳤고, 외할아버지는 매일 술을 마시고 들어왔다.

그 뒤로 얼마 지나지 않아 외할머니가 헛구역질을 하기 시작했다. 늦둥이 생긴 거 아니냐는 이웃 주민들 농담에 외할머니는 흰소리하지 말라며 웃어넘겼다. 허리가 아프고, 화장실을 자주 가고, 배앓이가 심한 증상이 반복되었지만, 나이 드니 몸에 잔고장이 생기는 거라고 대수롭지 않게 넘겼다.

외할머니가 달라졌다는 사실을 가장 먼저 알아챈 사람은 외삼촌이었다. 외삼촌 눈에는 사람들에게서 뿜어져 나오는 아우라가 여전히 보였다. 어느 날, 외삼촌이 외할머니를 뚫어지게 바라보는 걸 눈치챈 외할아버지가 외삼촌을 차로 데려가 물었다.

"아직도 보이는 거지? …… 어떻게 보이는 거냐? 네 엄마, 어떻게 보이느냐고!"

"안 보여요."

"바로 말해! 검은색이야? 아니면 붉은색?"

"……무지갯빛이요."

"내 눈엔 아무것도 안 보였는데……. 어떻게, 어떻게……."

외할아버지는 외할머니를 곧장 차에 태워 병원으로 날렸다. 정밀 검사와 진료, 의사와의 면담 등이 끝없이 이어진 지 얼마 안 되어 외할머니는 난소암 말기를 판정받았다.

외삼촌 이야기를 다 듣고 은호의 얼굴이 빗금을 그은 것처럼 어두워졌다.

"하지만 외할머니는…… 무지갯빛이었잖아요?"

"그래서 아팠을 거라곤 전혀 예상도 하지 못했어. 누구보다 가장 아름답게 빛나고 있었으니까."

외할머니가 수술 합병증으로 돌아가신 뒤, 사람들 몸에서 빛이 뿜어져 나오는 환상이 더는 보이지 않았다. 외삼촌은 고등학교를 졸업하자마자 지방 동물원에 취직해 집을 떠났고, 엄마는 집에 남아 외할아버지를 돌보았다. 외할아버지는 술과 스트레스로 간암에 걸렸다.

"누나한테 아버지 입원 소식을 듣고 병원에 갔었어. 아버지가 따로 물으시더라. 당신한테 뭐가 보이느냐고, 무슨 색이냐고. 그때 나는 아무 말도 하지 못했어. 아버지한테서 아무것도 보이지 않았거든."

외삼촌의 목소리는 파삭 말라 건조했다. 외삼촌은 먼 곳으로 시선을 옮기며 말을 이었다.

"돌아가시기 며칠 전에 고백하시더라. 당신도 나와 같으셨다고."

20

 외할아버지는 군에 복무할 때부터 특별한 것이 보였다. 같은 부대 관심 병사 몸에 검은 그림자가 매달린 것을 보았지만, 그를 보면 검은 그림자가 옮아 붙을까 봐 두려워서 모른 척했다. 몇 달 뒤, 그 병사가 스스로 목숨을 버렸고 검은 그림자도 함께 사라졌다.

 외할아버지는 모든 게 자기 탓이라는 죄책감에 시달려 점점 피폐해졌다. 의무 병동으로 옮겨진 후 잠을 이루지 못해 정신이 반쯤 나간 상태에서 그동안 본 것을 말하자, 소문이 삽시간에 부대 전체로 퍼져 외할아버지는 제2의 관심 병사가 되었다. 그래서 외삼촌이 사람들에게서 뭔가 다른 것을 보고 그림으로 남긴다는 걸 알았을 때 그토록 화를 내고, 그림을 찢고, 때린 거였다. 자신과 같은 일을 겪지 않게 막으려고.

그 이야기를 듣고 외삼촌은 사람들 몸에서 색색깔의 빛이 뿜어져 나오는 걸 본다고 했을 때, 외할아버지가 했던 말이 떠올랐다.

"엄마가 아플 때 아무것도 안 보였다고 하셨잖아요?"

"마흔 넘으면서 보이지 않아서 나이 탓인 줄 알았는데, 지금 생각하니 술 때문이었던 것 같다. 내 몸이 죽음의 냄새를 풍기기 시작하면서 다른 이의 죽음이 더는 느껴지지 않은 거지."

외할아버지 장례가 끝난 뒤 엄마는 서울에서 함께 지내자고 했지만, 외삼촌은 도망치듯 지방 동물원으로 다시 내려갔다. 다 끝났다고 생각했는데, 어느 날부터인지 아끼던 곰에게서 빛이 뿜어져 나왔다. 다른 사육사나 동료 몸에서는 빛이 보이지 않고 오직 그 곰에게서만 보였다. 외삼촌은 수의사를 설득해 정밀 검사를 해 봤지만 곰은 아무 이상도 없었다.

"스트레스 때문인 줄 알았어. 아버지 장례를 치른 지 얼마 안 됐을 때니까. 근데 사고가 벌어졌지."

철장 문이 열린 틈을 이용해 곰이 탈출했다. 며칠을 찾아 헤맸지만, 끝내 곰은 죽어서 발견되었다. 밀렵꾼이 쏜 총에 죽은 뒤 몸의 일부가 여기저기 흩어져서 건강원 같은 곳에 팔린 사실이 밝혀졌다. 외삼촌은 동물원을 그만두었다.

"그때 깨달았지. 죽음이 가까워 오면 환상이 시작된다는 걸."

"그런데 외할아버지 때는 아무것도 보이지 않았잖아요?"

"어머니가 돌아가신 뒤로 나는 아버지를 증오했어. 그래서 아버지 몸에서는 아무것도 보이지 않았던 거야. 난, 아버지를 사랑하지 않았으니까."

외삼촌이 물기 머금은 목소리로 은호에게 말했다.

"사랑하는 이가 죽음과 가까워질 때 그게 보이기 시작해."

플라스틱을 덧씌워 공기가 통하지 않는 것처럼 답답했다. 가슴이 그 말을 밀어냈다.

"그렇지만 난, 삼촌과 달라요."

아빠가 출장을 간 뒤에 갑자기 그게 보이기 시작했다. 밤에 오줌이 마려워 화장실을 갔다 나오는데, 길을 잃은 듯 서성이는 펭귄이 보였다. 펭귄은 뒤뚱거리며 거실을 둘러보았다.

은호는 천천히 눈을 깜빡이다가 손을 들고 말했다.

"안녕?"

펭귄을 시작으로 산호초, 해삼, 해파리, 크릴새우 등이 잇달아 등장했고, 공원에서는 고래까지 모습을 드러냈다. 그날 환상에 취해 아빠에게 모든 것을 다 말했었다. 은호는 아빠도 그것을 보기를 바랐다. 자기 눈에만 보이는 그 아름다운 모습을 나누고 싶었다. 그런데 그날, 아빠는 은호를 구하려고 도로로 뛰어

들었다. 얼음이 쏟아지고 꽝! 귀를 찢는 듯한 굉음이 온몸을 강타했다.

지우고 싶은 기억이 덮치자 은호는 그 자리에 쪼그리고 앉아 몸을 움츠렸다.

"내가 보는 건 그림자나 색깔 같은 게 아니라고요. 아니에요. 다르다니까요!"

"은호야……."

"어릴 때 펭귄이니 고래니 그딴 것들을 본 게 다 사인이었다는 거잖아요. 아빠가 곧 죽을 거니까, 그것들이…… 나한테 경고한 거였다고요?"

은호 목소리가 점점 커졌다. 감정을 지그시 눌러 주던 뚜껑은 와장창 깨지고 없었다. 외삼촌 눈에서 눈물이 뚝 떨어졌다.

"은호야, 언제부터였니. 곰 발자국. 그때가 처음이었어?"

"지금은 안 보여요. 옆에 없다고요. 아까부터 없었어요."

은호는 같은 말을 되뇌었다. 작은곰이 없다는 말을 주문처럼 반복하면 현실이 될 것처럼.

지난 주말, 외삼촌은 넋을 놓고 있다가 자꾸 실수해서 엄마한테 잔소리를 들었다. 은호는 외삼촌한테 고민이 있나 생각했지만, 작은곰이 귀찮게 구는 통에 왜 그러는지 묻는 걸 잊어버렸다.

"내가 이걸 말해 주는 이유는, 언젠간 너도 알게 될 테니까. 그리고 너도 그런 일이 왜 벌어지는지 알 자격이 있으니까."

"……."

"너는 괜찮은지 더 살펴야 했어. 내 잘못이야. 절대, 너 때문이 아니야."

"앞으로 차 타지 마요. 어디 나가지도 말고 집에만 있어요. 내가 다 할 테니까."

외삼촌은 참았던 숨이 터지듯 입이 벌어졌다. 눈은 울면서 입은 웃었다.

"웃음이 나와요? 외삼촌 말대로라면, 당장 어떻게 될지 모르는데?"

"실감이 나지 않아서 그런가. 근데 하나뿐인 조카가 날 너무 사랑한다는데 어떡하냐."

"남 얘기 하듯 그러지 좀 마요! 진짜 무슨 일 생기면 가만 안 둘 거야."

"그나저나 왜 하필 쬐끄만 반달곰이야. 난 콜라곰인데. …… 아우, 알았어! 농담 안 할게."

외삼촌이 은호를 껴안고 등을 쓸어 주었다. 괜찮을 거라는 말 대신에 세상에서 제일 사랑하는 조카를 따뜻하게 안아 주었다.

그때 본채 창가에 선 그림자가 나직이 말했다.

"종민아, 너 아니야. 아까 정형외과에서 간호사가 나한테 큰 병원으로 가 보라고 했어."

은호는 개미굴 위에 앉아 있던 것처럼 벌떡 자리에서 일어났다. 엄마가 서 있는 곳은 빛 한 점 없이 칠흑처럼 어두웠다. 도미노 팻말은 빈틈없이 빼곡 채워졌고, 한 줄로 이어진 팻말이 꽝꽝 넘어지며 질주했다.

21

ET 손가락이 발단이었다.

뇌경색이 오면 운동 기능과 균형 기능이 떨어진다. 그래서 팔이 잘 올려지지 않고 뭔가를 가리킬 때 비틀거리는 경향이 있어서, ET 손가락이 잘되지 않으면 검사를 권했다.

외삼촌이 운전하는 동안, 은호는 뒷좌석에서 엄마 손을 주물러 주었다. 혈액 순환이 잘되면 낫지 않을까 싶어서. 외삼촌은 불안을 떨치려고 주저리주저리 말했다.

"누나처럼 바른 생활 하는 사람이 무슨 병이야. 맑은 공기 마시면서 운동도 자주 하는데."

"운동은 따로 한 적 없어. 그냥 바쁘게 산 거지."

엄마는 그동안 자신이 어떻게 살아왔는지 반추했다. 이유를 찾고 싶어서. 흔히 뇌경색의 원인으로 꼽는 당뇨병도 없었지만, 엄마가 걱정한 것은 따로 있었다. 외할머니는 난소암으로 돌아가셨다. 외할머니 장례를 치른 뒤에 혹시 몰라 엄마도 검사해 보니 난소암 위험을 높이는 BRCA1 변이 유전자가 발견되었다. 불안감에 자궁 적출 수술 날짜를 잡으려는데 일이 터졌다. 외할아버지가 간암에 걸린 것이다. 부모님이 모두 병으로 세상을 떠나자 엄마는 충동적으로 비행기 표를 끊었다.

엄마는 그 여행을 거지 방랑기라고 회고했다. 주머니도 마음도 가난했다. 식사를 한 끼로 줄여 가며 남은 돈을 탈탈 털어 씻지도 못한 채 영국 그리니치 천문대에 도착했다. 그곳에서 엄마는 아빠를 만났다. 첫눈에 반해 일사천리로 결혼한 엄마는 은호를 낳고 몸이 회복되자마자 난소와 나팔관 제거 수술을 받았다. 그 뒤로 건강에 대해서는 걱정 놓고 살았다.

생각해 보면 팔을 다친 것도 쉬이 넘어갈 일이 아니었다. 마을 회관에서 이장 할아버지가 주차할 때 뒤쪽에 서 있던 엄마는 갑자기 누가 발을 꽉 잡은 것처럼 움직이지 못했다. 그러다 뒤늦게 피하려다 균형을 잃고 크게 넘어져서 팔을 다친 것이다. 하지만 병원에서 다치게 된 경위를 물었을 때는 딴생각하다 넘어졌다고 둘러댔다.

큰 병원에 도착하자마자 CT와 MRI를 긴급으로 찍었다. 결과를 기다리면서 엄마 양쪽으로 좌청룡 우백호처럼, 외삼촌이 왼쪽에 은호가 오른쪽에 앉았다. 외삼촌이 코치가 선수에게 사인을 보내듯 은호를 향해 눈썹을 움직였다. 그 곰 새끼 지금도 보이느냐고. 은호는 눈썹과 코와 눈알을 요란하게 움직여 대답했다. 그놈은 잠꾸러기인데, 우리가 새벽에 출발해서 미처 따라오지 못한 것 같다고.

"아우, 그냥 말로 해."

가운데서 엄마가 한마디 하자, 얼굴 근육을 사용해 표정으로 대화하던 외삼촌과 은호가 움찔했다. 아무 일도 없었던 척 각기 다른 방향으로 고개를 돌렸다.

은호 눈에 포스터가 보였다. '심근 경색, 뇌졸중 시간이 생명입니다.' 표제이기 듯 올새김한 듯 도드라겨 있었다.

"이럴 때 도시에 살면 좀 좋아. 큰 병원도 훨씬 가까울 텐데. 왜 갑자기 산동네로 이사 온 거야? 외삼촌 때문이야? 아니면 나 때문에?"

엄마는 고개를 돌려 은호를 보았다. 입을 뗐다가 닫았다가 한참 후에 다시 열었다.

"네 아빠 중환자실에 있을 때, 밤에 건물 옥상으로 올라가서 빛을 막 찾았어. 달이라도 보이면 은호 아빠 좀 살려 달라고 기도하려 했는데 그날이 하필 그믐이지 뭐야. 정신없는 와중에 멀리 반짝이는 빛을 찾았지. 별빛인가 싶어서 보자마자 무작정 빌었어. 은호 아빠만 살려 주면 뭐든 다 하겠다, 이번 한 번만 좀 봐줘라. 두 손을 맞잡고 한참을 그랬는데, 정신 차리고 다시 봤더니 내가 매달린 빛이, 멀리 고속도로를 지나가는 자동차 불빛이더라."

그 시각, 은호는 집에서 환상을 보지 않으려고 눈을 꼭 감고 방에 틀어박혀 있었다. 할 수만 있다면 지나간 시간을 되돌리고 싶었다.

"근데 종민아, 그동안 왜 말 안 했어? 그런 줄도 모르고 너한테 종종 얼마나 서운했는데."

엄마는 고등학교 수학여행에서 돌아왔을 때 집안 분위기가 달라졌다는 건 느꼈지만, 가족들이 아무런 이야기도 해 주지 않고 입을 꾹 닫아 무슨 일이 있었는지 알 도리가 없었다. 그러다 어제야 비로소 알게 된 것이다. 서운하다는 말로는 오해와 상처의 시간을 표현하기에 부족했다.

"뭐 좋은 일이라고 그런 걸 말해."

"가족끼리 좋은 거 나쁜 거 가리는 게 어딨어. 앞으로는 시시콜콜한 것까지 다 말해."

"이젠 아니라니까. 아픈 사람은 내가 아니라 누나면서."

"맞아. 나 아프지. 아픈 줄도 몰랐는데."

엄마는 쓰게 자조했다.

그때 간호사가 엄마를 찾았다. 은호와 외삼촌도 같이 들어갔다. 의사가 보호자가 누구냐고 물었을 때 외삼촌과 은호가 경쟁하듯이 손을 번쩍 들었다. 외삼촌은 자기가 어른이니 보호자라고 주장했고, 은호는 직계 가족이니 어려도 자기가 보호자라며 외삼촌은 좀 빠지라고 으르렁거렸다

의사가 웃지 않으려고 지그시 아랫입술을 깨물었다. 그 모습을 엄마가 놓치지 않고 보았다.

"선생님, 지금 웃으셨죠? 맞네, 맞네. …… 저 괜찮은 거죠?"

의사가 고개를 끄넉이고는 CT와 MRI를 보며 설명했다. 일과성 허혈성 발작이라는 말이 나오자마자 외삼촌과 은호는 빛보다 빠르게 휴대폰으로 검색했다.

"뇌경색은 아니지만 동맥이 좁아졌습니다. 혈관에 있던 찌꺼기나 혈전 등이 순간적으로 혈관을 막았다가 피가 공급되면서 풀린 것 같은데요, 그래도 앞으로 조심하셔야 합니다."

아스피린과 고혈압, 고지혈증 약을 처방받고 나왔다. 조심해야 할 것을 안내받는 동안 세 사람은 차 뒤에 붙인 강아지 인형처럼 연신 머리를 끄덕였다.

병원을 나온 엄마는 룰루랄라 조수석으로 향했다. 십 년 치 손 마사지는 병원 오는 길에 다 받았으니, 이제 좀 떨어져서 가

자면서. 엄마는 안전벨트를 매자마자 뒷좌석에 앉은 은호를 향해 말했다.

"우리 영화 보자."

22

외삼촌이 별채 벽에 빔을 쏘아 작은 영화관을 만들었다.

엄마가 고른 영화는 〈ET〉였다. 홀로 지구에 남은 외계인 ET가 소년 엘리엇과 우정을 쌓는 내용이었다.

외삼촌과 엄마가 영화에 흠뻑 빠진 동안 은호 머릿속은 딴생각으로 가득 차 있었다. 작은곰은 왜 나타났을까. 외삼촌 말대로라면 죽음을 경고하는 것 같은데.

버킷 리스트에 적힌 '외계인이랑 ET 손가락 대기' 덕분에 엄마는 미리 병원에 갈 수 있었다. 그러니 이제 다 괜찮은 걸까. 8년 전 그날과는 다른 걸까. 어제부터 작은곰이 보이지 않았다.

영화를 다 보고 야외 테이블에 앉아 늦은 저녁을 먹었다. 엄마가 두부찌개를 먹다 말고 미간을 좁혔다. 생각해 보니, 거제도 살던 큰고모도 아빠와 비슷했던 것 같다며 이야기를 꺼냈다.

"예전에 난소 수술 받을 때 큰고모가 서울 올라와서 며칠 간병해 줬거든? 그때 내 손이 너무 차다고 연신 주물러 주면서, 혼잣말처럼 '우리 선민이 주변에는 참 꽃이 많네' 하셨어."

"꽃?"

"응. 근데 그때만 해도 내가 꽃을 특별히 좋아한 건 아니어서 병실에 꽃이라곤 하나도 없었거든? 그래서 큰고모가 꽃을 좋아하나 보다 하고 넘겼는데, 아무래도 큰고모도 뭐가 보였나 봐."

"큰고모도 그랬구나. 누나는 뭐 안 보여?"

"……보일 거야, 나도. 언젠가는."

"그게 결심한다고 막 갑자기 될 일 같진 않은데? 수고해."

외삼촌이 얄밉게 톡 쏘자, 엄마는 숟가락으로 두부를 푹푹 으깨며 심통을 부렸다. 은호는 서로 놀리는 재미에 사는 엄마와 외삼촌을 보며 웃음이 터지려는 걸 꾹 참았다. 나한테도 동생이 있었으면 꽤 재미있었겠다고 상상하면서. 작은곰 얼굴이 슬며시 떠올랐지만, 은호는 그 녀석은 절대 내 동생이 아니라며 고개를 세차게 저었다.

식사 후, 엄마는 고개를 뒤로 젖혀 밤하늘을 올려다보았다. 엄마 눈이 초롱초롱 반짝였다. 은호는 엄마를 따라 눈을 들어 위를 보았다. 밤에도 조명과 불빛이 휘황찬란해서 불야성을 이루는 도시와 달리, 깊은 산속은 주위가 어두워서 별이 또렷하게 잘 보였다. 아빠가 사고 났을 때 엄마가 기도하려고 건물 옥상으로 가서 간절히 찾던 그 별이 이곳에서는 와르르 쏟아질 것처럼 가득했다.

'산장 앞마당에서 밤하늘을 바라보면, 손에 잡힐 것처럼 별이 눈부시게 빛납니다!'

별밤산장 블로그 소개 글이자 엄마가 늘 입에 달고 사는 그 말이 눈앞에 실제로 펼쳐져 있었다. 은호는 이렇게 별이 아름답게 빛나는 밤하늘을 본 게 평생 처음이었다. 사고가 난 그날에 사로잡혀 밤을 무서워했고 하늘을 올려다보는 걸 두려워했다. 그동안 놓치고 지낸 게 이 밤하늘뿐이었을까. 은호는 고개를 돌려 엄마를 보고, 또 외삼촌을 보았다. 가슴이 먹먹해졌다.

"누나, 뜸 들이지 말고 얼른 말해."

외삼촌이 후식으로 곶감을 쟁반에 담아 가져오며 말했다.

별에 취해 있던 은호는 퍼뜩 긴장했다. 어젯밤, 다시 환상을 보는 이야기를 엄마가 엿들었을 때부터 이런 순간이 오리라는 것을 각오하고 있었다. 8년 전, 아빠가 사고가 난 그날 일을 물으려는 거겠지. 어디서부터 이야기해야 할까. 말할 수 있을까. 말하지 않을 방법은 없을까.

"은호야, 너 별에는 관심 없어?"

엄마의 느닷없는 질문에 당황한 은호 표정을 보고 외삼촌이 곶감을 먹으며 옆에서 말했다.

"저 얘기를 하려고 네 엄마가 밤마다 네 방 앞을 왔다 갔다 했어. 같이 별 바라보며 수다 떨고 싶어서. 아유, 누나 때문에 매형이 진짜 마음고생 많았을 거야."

"야아, 은호 아빠랑 난 별 보다가 만났다니까. 우린 천생연분이라고."

엄마가 건너편에 앉은 은호에게로 눈길을 돌렸다. 이글이글 타오르는 눈으로 또다시 물었다.

"별은 별로야?"

별로라고 대답하면 울 것 같은 눈이었다. 은호는 곶감을 하나 집으며 입을 열었다.

"별로는 아니야. 별이 별이지, 뭐."

"그거면 충분해. 어, 그럼 뭐부터 시작하지? 그, 블랙홀⋯⋯."

"워워, 그건 나중에. 북극성부터. 그게 입문용이지."

엄마가 흥분해서 뭐부터 말해야 할지 몰라 우왕좌왕하자 외삼촌이 정리해 주었다. 엄마는 맞다며 아이처럼 손뼉을 치더니 몸을 아예 은호 쪽으로 돌려 앉았다.

"은호야, 하늘에서 제일 밝은 별이 뭔지 알아?"

"⋯⋯북극성?"

"땡! 북극성은 북쪽을 가리키는 별이야. 가장 밝은 별은 큰개자리의 시리우스인데, 그건 겨울에나 볼 수 있어. 겨울 되면 다시 말해 줄게."

북극성은 정북을 가리키는 유일한 별로, 밤하늘의 중심이자 기준이 되는 별이었다. 캄캄한 밤 길을 잃은 나그네에게는 길잡이 별이었고, 먼 옛날 배를 타는 사람들에게도 더없이 중요한 별이었다. 그렇지만 매우 밝은 별은 아니어서, 북극성을 찾으려면 그 주변에 있는 유명한 별자리의 도움을 받았다.

"북두칠성은 들어 봤지?"

은호기 고개를 끄덕이자, 뒤에서 외삼촌이 좀 더 열정적으로 리액션을 해 주라며 난리였다.

솔직히 외삼촌은 이런 날이 오기만을 기다려 왔다. 엄마의 수다 본능은 밤에도 멈추지 않았는데, 늘 거리를 두는 은호에게 이런 얘기를 해 주지 못하자 만만한 외삼촌을 붙잡고 같은 얘기를 하고 또 한 것이다. 외삼촌이 아침마다 피곤한 데에는 다 이유가 있었다.

옛날 사람들은 북두칠성을 민족마다 다르게 보았다. 이집트에서는 소와 누워 있는 사람으로 상상했고, 중국에서는 황제의 마차라고 생각했다. 점성술이 발달한 아라비아에서는 관을 메고 가는 여자들이라고 했다. 로마 시대에는 병사들을 뽑을 때

북두칠성을 활용하기도 했다. 북두칠성 옆에 알코르라는 작은 별이 있는데 이 별은 눈이 좋은 사람만 볼 수 있었기 때문에, 알코르가 보이는지 아닌지를 기준으로 시력을 검사해서 병사를 선발했다.

오늘은 이 정도만 하고 내일 다시 이어서 하라고 외삼촌이 제동을 걸었지만, 엄마는 멈추지 않았다. 오로지 이 순간만을 기다려 온 사람처럼 의미심장하게 말했다.

"엄마가 북극성 찾는 법 가르쳐 줄게."

23

"북두칠성은 국자저럼 생겨서 찾기 쉬워. 저기 있다."

은호는 엄마 손가락을 따라 밤하늘을 보았다. 곧이어 엄마가 손가락을 쫙 펼쳤다.

"이건 손을 이용한 각도기, 손도기야."

약지를 세우면 1도, 검지 중지 약지 세 손가락을 모아서 펴면 5도, 검지와 약지를 소의 뿔처럼 넓게 펴면 15도, 주먹을 꽉 쥐면 10도, 다섯 손가락을 모두 펼치면 20도였다. 사람마다 손의 크기가 달라서 약간 차이는 있지만 꽤 유용한 방법이었다.

"하늘에 대고 손을 쫙 펼쳐 봐. 북두칠성이 한 손에 다 들어오지 않지? 25도가 넘을 만큼 꽤 커서 그래. 이제 북두칠성에서 북극성까지 가 보자."

북두칠성 국자 모양의 뜨는 부분에서 주먹을 꽉 쥔 뒤, 검지와 약지를 소의 뿔처럼 넓게 펴고, 세운 약지를 세 번 옆으로 옮긴 뒤 멈추었다. 28도였다. 다른 방법도 있다면서, 다섯 손가락을 모두 펼치고 검지 중지 약지 세 손가락을 붙인 다음 약지를 세 번 옮겼다.

엄마의 약지가 떨렸다. 입가심으로 음료를 마시며 바라보던 외삼촌은 입에서 컵을 떼지 못했다. 은호도 표정이 굳었다. 지금은 괜찮다는 말에 안도해서 자칫 가볍게 넘긴 건 아닐까. 은호는 입안이 바짝 말랐다.

몇 초 뒤에 떨림이 멈추자, 엄마는 농담처럼 덧붙였다.

"이 방법은 별론가 봐. 손가락이 도리도리하네."

은호는 맞장구치지 않았다. 침묵이 길어질수록 분위기가 차갑게 식었다. 외삼촌이 분위기를 바꾸려고 톤을 높여 말했다.

"백스텝도 있잖아. 그것도 보여 줘."

"맞다. 난 백스텝이 좋더라. 잘 봐."

엄마는 검지와 약지가 만든 소의 뿔 모양이 30도 정도가 되게끔 두 번 움직인 뒤, 약지를 두 번 움직여서 뒤로 옮겼다. 이번에도 28도였다. 북두칠성에서 북극성까지 가는 길은 어떻게 조합하느냐에 따라 다양하게 만들 수 있었다. 마음만 먹으면 밤새 새로운 조합을 만들 수 있을 것 같았다.

"근데 이걸 왜 가르쳐 주는 거예요?"

"이걸로 엄마가 아빠를 꼬셨거든. 너도 나중에 맘에 드는 사람 만나면 한번 해 봐."

"아, 엄마!"

은호가 인상을 팍 쓰자, 엄마는 다시 하늘을 바라보았다. 눈이 반짝반짝했다. 그 옛날을 떠올리는 것처럼. 은호는 아빠의 이십 대 모습이 상상되지 않았다. 아빠는 지금의 외삼촌보다 젊을 때 세상을 떠났다. 아빠는 평생 서른다섯에 멈춰 있었다.

"근데 아빠는 천문학자였다면서 남극에는 왜 갔어요?"

"블랙홀 때문에."

아빠는 실험 천문학자였다. 광학 망원경 거울, 빛을 감지하는 검출기나 관측 기기를 설계하고 설치하는 일이 많아 관측소 출장이 일상이었다.

대기 중 수증기가 적으면 전파가 영향을 덜 받아 지표면까지 잘 전달될 수 있는데, 그중 남극점은 고도가 2,800미터에 이르는 데다 연 강수량이 2밀리미터밖에 되지 않는 가장 넓은 사막이라 매우 훌륭한 관측지였다. 남극점의 수북한 눈은 바람을 타고 온 눈과 얼음 결정이 쌓인 것이었다.

망원경 장비를 시험하고 관측이 문제없이 이뤄질 수 있게끔 준비하는 게 아빠의 주된 업무였다. 우리은하 중심의 초대질량 블랙홀을 보려면, 지구의 남쪽 끝인 남극점이 더해져야 완성되는 지구 크기만 한 가상의 망원경이 필요했다. 장비를 성공적으로 조립한 뒤, 기나긴 겨울 동안 망원경을 맡아 줄 월동대원을 남겨 두고 아빠와 동료들은 한국으로 돌아왔다.

언젠가 은호가 묻는 날이 오면 얘기해 주려고 따로 공부했다며 엄마가 덧붙였다.

"겨울에 아빠가 남극으로 갈 때마다 이웃들이 물었어. 은호 아빠는 남극까지 별 보러 가는 거냐고. 그러면 정색을 하고 설명했지. '한국의 겨울은 남극의 여름이라 별을 볼 수 없습니다.'"

엄마는 목소리를 깔고 아빠 목소리를 흉내 냈다. 남극의 여름인 10월 말에서 2월 중순까지 외부인 접근이 허용되는데, 그때는 해가 지지 않는 백야가 이어져서 오로라는 물론이고 별도 볼 수 없다고 했다.

"별 보는 걸 좋아하는 사람이 남극까지 가서 별이 아니라 블랙홀 관측하는 장비 설치하고 돌아오는 거야. 그런데도 겨울만 되면 그렇게 좋아했어. 꼭 눈 기다리는 애들처럼."

목소리에서 그리움이 묻어났다. 엄마 눈이 천천히 깜빡였다. 검사 걱정에 어젯밤에 잠도 거의 못 잔 데다 새벽부터 부산스레 움직인 탓에 엄마는 천근만근 무거워진 어깨와 다리를 주물러

댔다.

어느덧 자정이 가까웠다.

모두 약속이나 한 듯이 자리를 털고 일어났다. 외삼촌과 은호가 테이블을 치우는 동안 엄마는 먼저 방에 들어가 잠을 청했다.

엄마가 방으로 들어가자 외삼촌이 은호에게 나지막이 물었다.

"곰은?"

은호는 계속 보이지 않는다며 고개를 가로저었다. 설거지를 마친 뒤 외삼촌은 은호와 함께 마당으로 나가 나무 앞에 서서 곰 노상을 바라보았다.

"어쩌면 나쁜 게 아닐지도 몰라."

"곰이 보이는 게 어떻게 좋을 수가 있어요?"

은호는 '사랑하는 이가 죽음에 가까워질 때 그게 보이기 시작한다'던 외삼촌의 말이 가슴에 콱 박혀 있었다. 지금은 보이지 않는대도 언제든 다시 보일 수 있었다. 작은곰이 이대로 영영 보이지 않았으면 좋겠다 싶다가도, 헤어질 생각을 하면 가슴 한쪽이 아렸다.

외삼촌이 곰 도장을 물끄러미 바라보며 말했다.

"곰이니까."

외할아버지와 외삼촌처럼 눈에 보이는 환상이 죽음과 관련된 것이라면, 작은곰이 사라지는 순간 엄마도 위험하진 않을까. 그런데 껌딱지처럼 붙어 있던 작은곰이 안 보이는데도 엄마는 괜찮으니까, 작은곰은 그것과는 별개인 것 같기도 했다. 은호에게도 외삼촌에게도 작은곰의 존재는 미스터리였다.

"이번엔 다를 거야. 곰이 나쁠 리가 없어."

외삼촌은 소처럼 두 눈을 껌뻑이며 덧붙이더니 잘 자라는 인사도 없이 성큼성큼 별채로 갔다.

혼자 남은 은호는 오랫동안 나무 앞에서 기다렸지만 작은곰은 오지 않았다.

이렇게 가 버린 걸까. 마지막 인사는 하고 싶은데.

24

이튿날, 산장에 아침 손님이 왔다.

"메뉴판 갖다드릴게요. 맘에 드는 자리에 앉으세요."

엄마가 부엌으로 가자 이삼촌은 창문을 열어 환기했고, 은호는 바깥으로 나갔다. 나무 위에는 오늘도 작은곰이 보이지 않았다. 곰이 잠잘 때 풀을 방석처럼 말아 놓은 곰탱이 역시 없었다.

"따뜻한 거 뭐 있어요?"

산장을 처음 방문한 등산객이 묻자 은호가 들어오며 서둘러 대답했다.

"꿀차가 따뜻하고 좋아요."

"그럼 그거 먼저 주세요."

엄마는 조금 놀란 눈으로 물을 끓였다. 은호가 꿀통을 직접 열며 두리번거리자 쟁반 위에 전병과 약과 같은 주전부리를 챙기며 엄마가 물었다.

"아직 안 왔어?"

"응."

엄마도 은호처럼 작은곰을 기다렸다.

손님이 세 팀 정도 더 왔을 때 안쪽에서 쨍그랑 소리가 울렸다. 엄마가 실수로 그릇을 깬 것이다. 엄마는 당황하고 은호는 얼어 버렸다. 외삼촌이 서둘러 그릇을 치우고 손님에게 다시 음식을 내갔다. 은호는 오늘 개인적인 사정이 생겨 영업하지 못한다고 블로그와 인스타그램에 바로 공지를 띄웠다.

엄마는 잠깐 쉬면 된다고 했지만, 외삼촌과 은호는 손님이 다 떠난 뒤 엄마를 차에 태우고 병원으로 갔다. 검사를 지난번보다 더 많이 했다. 심장 쪽 문제는 아닌지 확실히 하기 위해 ECG와 심장초음파 검사를 하고, 목의 혈관이 차단되거나 좁아졌는지 알아보기 위해 영상 검사도 하고, 고콜레스테롤과 당뇨병 그리고 과도한 혈전 따위의 위험 인자를 확인하는 혈액 검사까지 했다.

진료실에서 엄마가 의사에게 조심스레 물었다.

"혹시 예전에 자궁 들어낸 거랑 관련 있을까요?"

의사는 완경 후에 여성 호르몬이 줄어들면서 뇌졸중 비율이 올라가는 사례를 말해 주었다. 그러고는 그동안 산에서 부지런히 몸을 움직인 것이 운동한 효과를 낸 덕분에 엉망이 된 혈관이 버텨 준 거라고 덧붙였다. 그렇지만 이제는 나이도 있으니 의학의 힘을 빌려 보자며 작은 관을 넣어 혈관을 넓히는 수술을 제안했다.

은호가 엄마 옆을 지키는 동안, 외삼촌은 급히 오느라 챙기지 못한 것들을 처리하느라 바쁘게 움직였다.

"입원실은 진짜 오랜만에 와 본다."

은호는 '오랜만에'라는 단어에 몸이 굳었다. 엄마는 베개를 등에 대며 말을 이었다.

"아빠 보러 병원에 갔던 날 기억나니? 그때 우리 은호 손 꼭 잡아 줬었는데."

"……."

오래전 그날이 떠올랐다. 병원에서 의사가 가족들을 부르라고 했고, 엄마가 제일 먼저 은호를 데리고 중환자실로 들어갔다. 우리 은호 왔다고 엄마가 말했지만, 아빠는 눈을 뜨지 못했다. 은호도 차마 아빠를 볼 수 없었다. 엄마가 은호를 아빠 옆에 앉히고, 아빠 손 위에 씩씩하게 은호 손을 얹고 그 위에 자기 손을 얹었다. 은호 손은 샌드위치처럼 가운데에 있었다. 그 순간을 엄마는 아빠가 은호 손을 꼭 잡아 주었다고 표현한 것이었다.

이제 기억났다. 그날 이후 고래도, 펭귄도, 더는 보이지 않았다. 아빠가 세상을 떠나면서 그들도 은호를 떠났다. 영영.

"엄마도 은호가 말한 작은곰 보고 싶다. 그 곰 말이야, 혹시 아빠가 보낸 거 아닐까."

엄마가 말을 건네며 은호에게 손을 뻗었다. 다리만 주무르지 말고 이쪽으로 와서 손을 잡아 달라고.

은호는 그대로 일어나 뚜벅뚜벅 병실 밖으로 나갔다. 엄마가 어디 가느냐고 물었지만 대답하지 않았다. 복도로 나오자마자 참았던 숨이 입에서 터져 나왔다. 눈물이 주르륵 볼을 타고 흘렀다. 잘 참았다. 엄마가 보지 못했다.

은호는 감정을 추스를 때까지 복도에 서 있었다. 그러고는 나지막이 말했다.

"어디 있어. 빨리 와."

25

 다행히 수술은 성공적이었지만 은호의 불안은 거져민 깄다.
 외삼촌이 혼자 산장을 꾸려 가느라 분주한 동안, 은호는 엄마만 졸졸 따라다녔다. 겁 많은 사슴처럼 사소한 일에도 자주 놀랐고, 특히 엄마와 관련된 일일 때는 더 그랬다. 엄마가 갑자기 사라질지 모른다는 생각이 머릿속에서 떠나질 않았다. 뇌졸중은 겉으로 보이는 병이 아니었다. 손짓, 걸음걸이, 말이 달라지진 않는지 주의를 기울였다. 은호는 엄마를 신경 쓰고 있었다. 매 순간 엄마만.
 엄마는 그런 은호가 걱정스러워 은호의 등을 부드럽게 쓸어 주며 말했다.
 "은호야, 엄마 어디 안 가. 왜. 작은곰이 또 뭐라고 했어?"

"작은곰은…… 안 보인 지 꽤 됐어."

작은곰은 엄마가 수술할 때도, 산장에 돌아와서도 한 번도 찾아오지 않았다. 은호는 작은곰이 보이지 않아서 더 불안했다.

엄마는 제 새끼가 이 산에서 작은곰이 오길 목 빼고 기다리면서 걱정을 싸안고 초조해하는 모습을 보고 있을 수 없다며 벌떡 일어섰다.

"우리 산장 문 닫고 여행 가자! 남의 집밥이 얼마나 맛있는지 먹어 봐야겠어!"

산장 휴일을 끼고 1박 2일로 다녀오자는 엄마의 말에 외삼촌이 바로 휴대폰을 꺼내 여행 코스를 검색했다. 은호는 꼭 지금 가야 하느냐고 물었지만, 엄마는 꼭 가야 한다며 덧붙였다.

"새로운 거 보고 맛있는 거 먹다 보면 기분도 달라질 거야. 그리고 뒷자리 넉넉하니까 저도 한 입 먹고 싶으면 따라오겠지."

곧이어 은호도 휴대폰을 들고 와서 함께 여행지를 검색했다. 은호는 어디든 상관없다는 주의였지만, 외삼촌과 엄마는 고집이 쇠심줄처럼 질겼다. 외삼촌은 바다낚시를 고집했고 엄마는 유명 맛집 위주로 가고 싶어 했다.

"야, 이종민! 바다낚시는 너 여자 친구 만들어서 나중에 따로 가!"

"우이 씨."

뜨거운 여름, 동쪽 해안선을 따라 맛집 투어가 시작되었다. 첫날 일곱 끼니 일정에 은호는 혀를 내둘렀지만, 엄마는 번번이 미식가처럼 꼼꼼하게 맛을 음미하고는 흐음 소리를 덧붙였다.

때때로 은호의 시선이 빈 의자로 향할 때면 엄마는 가슴이 철렁했다. 혹시 작은곰이 나타난 걸까 하고. 하지만 빈 의자를 바라보는 은호의 시선은 쓸쓸했다.

여행 마지막에 들른 식당에서 엄마가 불쑥 말했다.

"하, 작은곰 부럽다."

"뭐가?"

"우리 은호가 어엄청 보고 싶이 하잖아."

"보고 싶어 하긴 누가. 귀찮았는데 안 보이니까 편해."

엄마가 계산하는 동안 은호는 먼저 식당 밖으로 나갔다. 외삼촌은 근처 편의점에서 아이스바를 두 개 사서 은호에게로 갔다. 플레인 요거트 맛을 은호에게 선심 쓰듯 건넸다.

은호는 떨떠름한 얼굴로 물었다.

"초코 맛은 없어요?"

"요거트 맛 싫어? 그럼 내가 다 먹고."

은호는 그냥 먹겠다며 아이스바를 베어 물었다. 평소엔 요거트에 입도 안 댔지만 차가워서 먹을 만했다. 외삼촌은 아이스바를 세 입에 끝내 버렸다.

은호가 파도치는 바다를 바라보며 말했다.

"왜 하필 작은곰이었을까요. 엄마는 곰 별로 안 좋아하는데."

작은곰이 엄마 때문에 나타난 거라고 직접 이야기한 적은 없었지만 두 사람 모두 그렇게 생각하고 있었다. 은호와 외삼촌에게 제일 가까운 사람은 엄마였다.

"은호 네가 곰을 특별히 좋아한 건 아니고? 아니면 너무 싫어한다거나."

"곰은 별로 생각해 본 적 없는데."

"하긴 나 때문에 산장에선 금기어나 마찬가지였으니까."

"그냥 우연일까요? 우리가 산에 살고 또 산장 손님들도 가끔 곰 얘기 하니까 곰의 모습으로 나타난 걸까요? 엄마 챙기라고?"

"그랬을 수도 있지. 어쩌면 다른 이유일 수도 있고."

외삼촌이 눈을 찡그리고 햇살이 쏟아지는 파란 하늘을 올려다보며 말을 이었다.

"어릴 때 네 엄마는 신화를 좋아했어. 네 외할머니가 엄마랑 날 앉혀 놓고 옛날얘기 하는 걸 좋아하셨거든. 선녀와 나무꾼, 콩쥐팥쥐 전래 동화부터 시작해서 머리가 조금 굵어질 때부터는 그리스 신화도 들려주셨어."

그중에 곰 얘기도 있었다며 외삼촌이 옛 추억을 나직이 말해 주었다.

숲의 요정 칼리스토가 제우스와 사이에서 아들 아르카스를 낳자, 화가 난 제우스의 아내 헤라가 칼리스토를 곰으로 만들어 버렸다. 엄마를 잃은 아르카스는 착한 농부의 손에서 키워졌는데, 엄마의 사냥 솜씨를 이어받아 훌륭한 사냥꾼으로 자랐다.

그러던 어느 날, 사냥감을 쫓던 아르카스는 숲에서 곰 한 마리를 발견했다. 그 곰은 그의 엄마 칼리스토였다. 오랜 세월이 지났는데도 칼리스토는 아들을 한눈에 알아보고 소리쳤다.

'아르카스! 엄마다! 어서 이리 와 보렴.'

그러나 칼리스토의 간절한 외침은 곰이 울부짖는 소리로 나올 뿐이었다. 힌편 이 사실을 일 리 없는 아르카스는 갑작스러운 곰의 행동에 놀라 활을 쏘려고 했다.

삼십여 년 전, 외할머니는 엄마아 이산촌에게 그리스 신화 책을 읽어 주다 멈추고 물었다.

"아들은 곰으로 변한 엄마를 알아보지 못했어. 너희가 만약 그 엄마라면 그 상황에서 어떻게 하겠니?"

어린 외삼촌이 곶감을 씹으며 대충 말했다.

"도망쳐야 해요. 곰은 엄청나게 세니까!"

"종민아, 그 아들 말고 엄마 처지에서 생각해 봐."

"음, 그래도 도망쳐야 해요. 사람이랑 곰은 다르니까!"

어린 외삼촌은 외할머니 무릎을 베고 누워 입을 오물거렸다.

"종민이는 도망갈 거고, 선민이는?"

외할머니가 묻자 어린 엄마가 눈물이 그렁그렁한 얼굴로 말했다.

"아르카스를 안을 거예요. 꽉 안아 줄 거야."

"아르카스 손에는 활이 들려 있어. 그랬다간 꼼짝없이 죽고 말 텐데?"

어린 엄마는 울음을 터뜨렸다. 너무 슬프다며 한참 서럽게 울고 나서 코를 훌쩍이며 말했다.

"하늘이 소원을 들어줬으면 좋겠어요. 죽고 난 뒤에 칼리스토가 본래 모습으로 돌아오지 않게요. 그 곰이 엄마라는 사실을 나중에라도 알면 아르카스가 너무 슬프잖아요. 마지막까지 엄마가 곰이었으면 좋겠어."

외할머니는 어린 엄마를 꽉 끌어안았다. 어린 외삼촌은 곶감을 하도 많이 먹어서 배탈이 났고.

"그때 하늘에서 그 모습을 지켜보던 제우스가 가슴 아픈 일이 벌어지기 전에 그 둘을 하늘로 올려 칼리스토는 큰곰자리로, 아르카스는 작은곰자리로 만들었어."

매일매일 외할머니가 이야기를 해 주었기에 외삼촌에게 그날은 많은 밤 중 하나였다. 그렇지만 엄마에게는 달랐다. 그날 이후로 엄마는 날마다 밤하늘을 오래도록 보았다.

외삼촌의 말을 듣고, 은호는 저 멀리 바다와 하늘이 맞닿아 경계를 이루는 수평선을 바라보며 생각했다. 바다 건너 낯선 땅에서 아빠에게 손도끼를 알려 주던 날, 엄마는 외할머니에게서 들은 신화 속 곰 이야기를 했을까. 그래서 아빠가 엄마를 위해 작은곰의 모습으로 나타난 걸까.

은호는 어쩌면 작은곰이 아빠일지도 모른다는 생각이 들었다.

26

"그 작은곰이 더는 안 보여?"

"안 보여요. 근데 언제든 다시 올 거예요. 아직 버킷 리스트를 완성하지 못했거든요."

"몇 개 남았는데?"

"하나요. 아니다, 두 개구나. 그래서 안 오나 봐요. 내가 버킷 리스트를 안 해 줘서."

목소리 끝에 서운함이 묻어났다. 햇빛에 반짝이는 백사장 모래알들이 밤하늘에 빛나는 별처럼 보였다. 은호는 낮에도 별을 생각했다. 별은 언제나 작은곰에게로 이어졌.

돌아오는 길에 화방에 들러 페인트, 물통, 스케치용 연필, 붓 등을 샀다. 산장에 도착하자마자 창문과 문을 모두 열어 환기하는 사이, 외삼촌은 별채 벽을 쏘아보았다.

"그 버킷 리스트 종이 좀 보여 줘."

은호는 바지 주머니에서 종이를 꺼내 건네 주었다. 외삼촌은 은호의 손바닥을 빤히 보면서 뒤통수를 긁적였다.

"곰 도장은 보이는데 왜 버킷 리스트는 안 보이지? 놀리는 것도 아니고. 네가 읽어 봐."

"4번. 외계인과 ET 손가락 대기."

엄마가 외삼촌 손에서 스케치 연필을 빼앗아 은호에게 턱 쥐여 주었다. 은호와 외삼촌이 어리둥절한 눈으로 엄마를 빤히 바라보았다.

"종민이 네가 왜 그려. 그 곰이 부탁한 사람은 은호인데."

외삼촌이 고개를 끄덕이며 은호를 돌아보았다. 은호는 난감한 얼굴로 말했다.

"난 그림 못 그리는데."

"시작이 반이야. 우리 은호가 못할 게 뭐 있어?"

"벽화 망치면 산장 손님 떨어진다. 잘해라."

엄마가 주먹을 쥐고 파이팅을 외치는 것과 달리 외삼촌은 은근히 압박했다.

은호는 처음엔 갈팡질팡했지만 그릴수록 점점 태가 갖춰졌다. 엄마는 역사적인 순간을 기록으로 남겨야 한다며 휴대폰으로 동영상을 찍었고, 외삼촌은 바둑 훈수하듯 선이 그쪽이 아니라 이쪽으로 이어져야 한다며 지적하느라 바빴다. 그러거나 말거나 은호는 자기 스타일대로 벽화를 완성했다. 일주일 만의 쾌거였다. 처음으로 무얼 제 손으로 완성했다는 뿌듯함에 가슴이 벅찼다.

외삼촌과 엄마가 완성된 벽화를 뒤에서 보며 고개를 끄덕였다.

"산장 문 닫자. 우린 망했어."

"어차피 뒤쪽 벽이라 잘 안 보여. 요 앞에 키 큰 대나무 같은 거 심어서 가리면 돼."

은호는 뒤돌아보며 항의했다.

"그 정도는 아닌데. 그렇게 심각한가……."

외삼촌과 엄마는 대답 없이 각기 다른 방향으로 흩어졌다. 엄마는 이럴 땐 맛있는 음식이 필요하다며 식당으로 들어갔고, 외삼촌은 옮겨 심을 나무를 알아봐야겠다고 중얼거렸다.

"이 정도면 나쁘진 않은데…… 나쁜가."

은호는 고개를 갸웃하며 벽화를 빤히 보다가 주위를 둘러보았다. 산이 고요했다.

며칠이 지나도 작은곰은 감감무소식이고 산장을 둘러싼 나무마다 매미만 우렁차게 울어 댔다. 날씨가 맑고 더울수록 매미는 힘이 나는 듯, 돌림노래인지 합창인지 모를 노래를 여름 내내 이어 갔다. 다행히 산장 주변에는 밈—밈—밈—미 하고 우는 참매미와 차르르르 우는 말매미가 많아 한밤중에는 고요했다.

엄마가 요청해서 은호는 삼각대를 설치하고 일몰부터 이튿날 새벽까지 산장 앞마당을 동영상으로 찍어서 십 분 내외로 편집해 블로그에 올렸다. 어둡고 고요하고 시원한 산속 여름밤을 보여 주려고 자연의 소리도 그대로 살렸다.

그 후 산장 방문객들이 블로그 방명록에 남긴 글을 은호는 엄마랑 붙어 앉아 함께 보았다.

오늘점심은뭐먹지 : 제가 사는 아파트가 번화가 쪽이라 밤에도 매미들이 경쟁하듯이 울어 대서 힘들었는데, 오랜만에 별밤산장에서 단잠 잤어요! 진짜 힐링 제대로 하고 왔습니다아! ^^

달콤허니 : 밤에 야외 테이블에서 밤하늘을 보며 듣는 별자리 이야기 최고!! 애들이랑 같이 들었는데 무지 재미있었어요! 남편이 애들 방학 끝나기 전에 또 가자고 하네요 ㅎㅎ

싹싹이 : 홍시 셰이크 또 먹고 싶어요 ㅜㅜ 서비스 말고 정식 메뉴로 등록해 주세요~

엄마가 방명록에 정성껏 답글을 다는 동안, 은호는 외삼촌을 찾아 밖으로 나갔다. 외삼촌이 도저히 안 되겠다며 붓을 들어 벽화를 멋들어지게 다시 그리고 있었다. 조금만 손보겠다고 나섰는데 점점 일이 커져 밥도 거르고 벽화에 심취해 예술혼을 불태웠다. 은호는 '피카종민 다시 붓을 잡다'라는 제목으로 블로그에 동영상을 올렸다. 그날부터 별밤산장은 외삼촌이 그림 그리는 모습을 구경하는 이웃들로 북적였다.

얼마 후, 엄마는 할로윈 코스튬으로 만든 외계인 복장을 해외직구로 구매해서 은호에게 생일 선물로 주었다. 생일은 한 달 뒤였지만, 좀 당겨서 선물 증정식만 미리 하겠다며 얼른 받으라고 재촉했다.

은호는 포장지를 뜯어 보고는 툴툴댔다.

"이렇게 허접한 걸 뒤집어쓰라고? 진짜 이건 에반데."

그날 밤 모두 잠들었을 때, 외계인 하나가 벽화 앞 장작 패는 나무둥치 위에 한참을 앉아 있었다. 밤은 선선했지만 땀이 차올랐고, 빨지 않고 바로 입어서 그런지 몸이 근지러웠다. 그래도 꾹 참고 기다렸지만 작은곰은 오지 않았다.

27

시간이 흘러 가을이 왔다.

노란빛이 섞인 흰진범과 홍색을 띤 송이풀이 질락 말락 해서 슬프지만, 연분홍이 발그레한 쑥부쟁이가 있어서 그래도 행복하다며 엄마는 은호와 함께 산장 주변 길을 산책했다. 가을이 됐지만 한낮에는 아직 뜨거웠다.

풀이 우거진 곳에서 배초향을 발견한 엄마가 돌고래 비명을 질렀다.

"세상에, 이거 봐. 금방 꽃 지겠네?"

"꽃이 질 것 같다면서 목소리가 왜 이렇게 밝아. 얘는 못생겨서 엄마 취향이 아니야?"

"어디가 못생겼다고. 요게 뿌리 빼고 풀 전체가 약재로 쓰이거든. 두통이랑 설사에 좋아."

"완전 꽃박사야. 별걸 다 알아."

"어머! 우리 은호가 방금 엄마한테 별명 지어 준 거야? 꽃박사! 투박하지만 너무 좋다!"

은호는 설레발 기운이 스멀스멀 느껴지자 잽싸게 먼저 산장으로 달렸다. 엄마는 콧노래를 흥얼거리며 찬찬히 산책을 마치고 돌아와서는, 더 늦기 전에 양봉장에 가야겠다고 선언했다. 외삼촌과 은호가 무리하면 안 된다고 말렸지만 소용없었다.

"그렇게 걱정되면 같이들 가든가."

하는 수 없이 호위 무사처럼 외삼촌과 은호도 따라나섰다.

양봉장 최씨 아저씨는 깜짝 놀랐다. 가을에는 봄여름보다 벌의 번식력이 떨어져서 꿀이 별로 없었다. 엄마와 수다나 떨 겸 한번 들르라고 했는데, 일꾼을 자청하며 세 명이나 오자 당황한 것이다.

엄마가 양봉장 박씨 아주머니와 수다를 늘어놓는 동안, 은호와 외삼촌은 벌에 쏘일까 걱정돼서 완전무장을 하고 뒤뚱뒤뚱 양봉장으로 향했다. 최씨 아저씨는 못 미더워하는 눈으로 보며 하나하나 가르쳤다. 꿀이 많지 않아 일은 한 시간여 만에 금방 끝났다.

밥 먹고 가라는 최씨 아저씨의 어머니 말에 엄마는 넉살 좋게 제일 먼저 평상에 자리를 잡고 앉았다. 엄마는 덕임이 할머니 손을 잡고 젊었을 때 이 산에 들어오게 된 이야기를 해 달라고 졸랐다. 옷을 갈아입고 걸어오던 은호는 그 모습을 보며 깨달았다. 엄마는 자신을 유학 보낼 욕심에 일당 벌러 마을에 내려오는 게 아니었다. 사람들과 얘기하러 오는 것이다. 입만 열면 타박하는 외삼촌이나 과묵한 은호와 달리 마을 사람들은 수다가 노동요였다.

"할머니, 혹시 곰 보신 적 있으세요?"

은호는 하지 말라고 상 밑으로 엄마의 바지를 당겼다. 그러거나 말거나 엄마는 할미니 쪽으로 더 당겨 앉았다. 할미니는 곰 얘기가 나오자 신이 나서 눈빛이 또랑또랑해졌다.

"봤지! 오십 년 전이었나. 그땐 곰이 얼마나 컸는데. 아주 집채만 했어."

"세상에, 그땐 곰이 그렇게 컸어요? 그래서요?"

할머니의 흐릿한 눈동자가 춤을 추기 시작했다. 생각지도 못한 이야기가 꿈틀대고 있었다.

은호는 이야기가 진행될수록 당황스러웠다. 백두산 호랑이가 무슨 수로 지리산 곰과 만나며, 최고를 겨루자며 다짜고짜 싸우는 건 또 뭐고, 곰이 어떻게 호랑이 꼬리 잡고 빙빙 돌려 한라산으로 던져 버렸다는 건가. 경험담이 아니라 전래 동화였나.

이야기는 계속 이어졌다. 한라산 백록담 깊숙이 숨어 있던 거대한 수괴가 나올 차례였다. 할머니는 그 대목에서 머뭇거렸다. 귀를 쫑긋 세우고 듣는 청중에게 취해 한라산까지 냅다 지르기는 했는데, 수괴가 어떻게 생겼는지 묘사하는 대목에 이르자 딱 막힌 것이다. 그러자 엄마는 노련한 조수처럼 할머니가 잘 아는 곰 쪽으로 다시 길을 틀어 주었다.

"아유, 지리산 곰이 어마어마하게 세긴 세지요. 생긴 게 엄청 무섭기도 하고."

"당연하지! 곰이 그냥 곰인가! 지리산 곰인데!"

할머니는 손바닥으로 자기 무릎을 찰싹 때리며 호응했다.

박씨 아주머니가 접시에 과일과 과도를 담아 들고 오며 엄마에게 물었다.

"아니 근데 곰은 갑자기 왜? 최근에 곰 봤어? 여기까지 내려왔대?"

"그게, 본 것도 아니고 안 본 것도 아니고……."

엄마는 넌지시 눈을 돌려 은호 쪽을 보았다. 은호는 화들짝 놀랐다. 왜 자기한테 화살을 돌리는지 영문을 알 수가 없었다. 등에서 식은땀이 났다.

눈치 빠른 박씨 아주머니가 사과를 깎으며 성마르게 물었다.

"봤구나! 어머 어머, 어디서? 언제?"

"아니, 저는, 아닌데요."

아니라고 또박또박 부인했지만 소용없었다. 박씨 아주머니, 최씨 아저씨, 할머니가 빤히 은호를 바라보았다. 엄마도. 은호는 도움을 구하고 싶었지만, 외삼촌은 하필 화장실에 가고 없었다. 엄마는 마치 전날 돼지꿈 꾼 이야기를 들려주라는 듯이 태연하게 말했다.

"아유, 그냥 말씀드려. 괜찮아. 엄마도 더 듣고 싶고 궁금하단 말이야."

은호는 진짜 왜 이러느냐고 정색하며 엄마를 보았다.

엄마가 작게 속삭였다.

"괜찮아. 네가 무슨 얘길 해도 집채만 한 곰이 백두산 호랑이를 한라산으로 던저 버린 이야기는 못 이겨."

이게 이기고 지고가 중요한 문제였나. 은호는 풋 웃음이 나왔다.

"둘이 뭘 그렇게 속닥여? 궁금하게. 뭔데? 뭘 봤는데?"

박씨 아주머니와 할머니가 얼른 말해 보라며 은호를 재촉했다. 최씨 아저씨도 궁금해 죽겠다는 눈으로 은호를 빤히 보았다.

"제 얘기는 다음에 할게요. 제가 본 곰은 할머니가 만났던 그 곰이랑은 상대가 안 돼요."

"왜? 애기 곰을 봤어? 어땠는데?"

"애기 곰은 아닌 것 같은데, 키가 크진 않았어요."

"어머 어머, 진짜로 반달곰 본 거 아니야?"

모두 침조차 삼키지 못하고 은호만 쳐다보았다. 은호는 좌중의 기대에 어쩔 수 없이 입을 뗐다. 처음 곰 발자국을 본 그날 이야기부터.

이야기는 중간중간 자꾸 샛길로 빠졌다. 버킷 리스트가 뭔지 할머니에게 설명하느라 먼 길을 십여 분 돌아야 했고, ET 손가락 이야기에 이르러서는 박씨 아주머니와 엄마가 ET와 엘리엇에 빙의해 연기를 펼쳐 가며 최씨 아저씨와 할머니에게 설명했다. 마지막이 되자 은호는 곰 얘기를 하는 건지 영화 얘기를 하는 건지 알 수 없어졌다.

한참 듣던 최씨 아저씨가 비장하게 고개를 끄덕였다.

"그 곰이 아주 입이 고급이네. 우리 집에서 만든 꿀에 환장한다는 거 아니야?"

"당신은 말을 해도 환장이 뭐야, 애 앞에서. 은호야, 그 곰 아줌마한테 팔아라."

박씨 아주머니가 너스레를 부리자 엄마가 물을 마시다 사레들렸다. 은호도 너무 당황해서 다음 말이 나오지 않았다.

"아유, 우리 순정 씨 갑자기 왜 이럴까. 얘기를 제대로 듣기나 한 거야. 그 곰을 어떻게 팔아."

"그 곰 얘기 내가 살게. 얼마 줄까?"

박씨 아주머니가 화투 칠 때 쓰는 동전을 꺼내려고 몸뻬 주머니에 손을 넣어 부스럭거렸다. 곧이어 최씨 아저씨가 상황을 풀어서 설명해 주었다. 남이 꾼 좋은 꿈을 값을 치르고 사듯이 그 곰 얘기를 사고 싶다는 것이었다.

은호는 눈을 끔뻑거리며 물었다.

"곰 얘기는 사서 뭐 하시게요?"

"우리 꿀 홍보 좀 하게. 곰도 환장한 꿀이라고."

박씨 아주머니 말에 엄마가 파아 웃음을 터뜨렸다. 뒤이어 할머니도, 최씨 아저씨도 박장대소했다. 은호가 제일 많이 웃었다. 이렇게 웃어 보긴 난생처음이었다. 박씨 아주머니가 하도 웃었더니 오줌 나온다며 일어섰다. 외삼촌은 얘기기 다 끝나고 나서야 홀쭉해진 얼굴로 화장실에서 나왔다.

오후 느지막이 일어섰다. 박씨 아주머니가 꿀을 세 통이나 챙겨 주었다. 한 일이 없어서 받으면 안 될 것 같다고 외삼촌이 극구 사양했지만, 최씨 아저씨와 박씨 아주머니는 내년 봄에 도우라고 미리 기름칠해 두는 거라며 차 뒷자리에 우격다짐으로 꿀을 실었다.

그러는 동안 할머니는 한쪽 옆에서 엄마 손을 잡고 나직이 얘기하고 있었다. 아직 못다 한 이야기가 남은 걸까. 은호는 차 문을 연 채 그쪽을 바라보며 기다렸다.

차를 타고 집으로 오면서 은호가 엄마에게 물었다.

"아까 도대체 왜 그런 거야? 갑자기 곰 얘기 해 보라고 등 떠밀고."

"그렇게 재미있는 얘기를 우리만 알면 아까우니까."

"그게 뭐가 재미있다고."

"엄마도 그 곰 보고 싶어. 곰한테 엄마 얘기 좀 해 봐. 엄마가 좀 보잔다고."

"보면 뭐 하게?"

"꿀보다 훨씬 좋은 거 주려고. 새로 개발한 레시피도 좀 먹여 봐야지."

"진짜 곰도 아니라니까 뭘 먹여. 그리고 그 뒤론 한 번도 못 봤어."

은호는 얘기를 끊으려고 창문을 끝까지 내렸다. 가을바람에 머리카락이 뒤로 흩날렸다. 바람을 정면으로 맞으니 이마가 시원했다. 곰 얘기를 하는 게 이렇게 쉬운 거라니. 재미는 모르겠지만 어깨는 한결 가벼웠다. 한때는 머리카락 한 올 한 올이 다 무거웠다. 그래서 고개를 들고 다닐 수가 없었다. 누워만 있었다. 그런데 이제는 달랐다.

바람을 가르며 차가 앞으로 달려갔다.

28

 침대에 등을 대고 누우니 천장에 붙은 야광 별과 또 눈이 마주쳤다.
 더는 모른 척하기가 어려워, 벽에 기대앉아 두툼한 책을 펼쳤다. 며칠 전 서점에서 산 책 중에 사진이 많은 것이었다. 맨눈으로 보는 밤하늘과 우주 망원경으로 포착한 우주 너머는 완전히 달랐다. 은호는 외삼촌이 사 준 천문 망원경으로 하늘을 보는 것으로는 성에 차지 않았다.
 출간한 지 꽤 오래돼서 책에 실린 우주 사진들은 허블 우주 망원경으로 찍은 것이 대부분이었다. 최신 소식을 검색하려고 인터넷을 뒤졌다. 제임스 웹 우주 망원경의 경우, 천문대를 여럿 세우고 거대 망원경을 열 대쯤 만들 수 있을 만큼 어마어마한

비용이 들었다. 아빠가 공들인 거대 망원경과 최신 우주 망원경은 작동 방식은 달라도 먼 곳에서 벌어지는 일을 알고 싶어 하는 인간의 열망이 담겨 있다는 점은 같았다.

한곳에 오래 있으니 경도와 위도가 얼마나 긴지, 우주는 또 얼마나 광활한지 잊고 있었다. 더 알고 싶었다.

페이지를 넘겨 블랙홀 장으로 넘어갔다. 이 부분만 벌써 일곱 번을 읽었다. 몇 년 전 봄에, '사건 지평선 망원경' 연구팀은 처녀자리 은하단 중심부의 초대질량 블랙홀을 발견한 공로로 천문학자 세 명이 노벨 물리학상을 받았다.

그 후 연구팀은 우리은하 중심부의 초대질량 블랙홀 영상을 얻으려고 그린란드에서 남극까지 전파 망원경 8개를 연결해 지구 규모의 가상 망원경을 만들었다. 블랙홀은 빛마저 흡수하기 때문에 직접 관측할 수는 없지만, 영상을 통해 그 모습을 확인할 수 있었다.

중심부의 어두운 그림자 주위로 금가루를 뿌려 놓은 것처럼 광채를 띠었다. 블랙홀에 붙잡힌 물체들이 강한 중력에 이끌려 회전하며 고온의 가스를 내뿜는 것이다. 가스 간의 마찰력 때문에 막대한 에너지가 생겨서 빛을 방출한다는 게 과학적인 이유였지만, 은호는 자꾸 딴생각이 들었다.

블랙홀 중심인 심연으로 사라지기 전, 먼지 소용돌이는 그 어떤 별보다 환하게 빛났다. 사건의 지평선 너머로 가기 전, 제가 여기 있었다는 것을, 그 마지막을 알리고 싶어서 그토록 아름다운 것일까. 어릴 때 본, 오로라를 뿜어내던 바다 생명체들의 모습이 그것들과 겹쳐 보였다. 죽음 옆에서 환상처럼 화려하게 빛나는 것들이 모두 빛을 뿜어내는 건 우연일까.

생각은 끝없이 이어졌다. 외할아버지에게서 외삼촌에게로, 다시 은호에게로 이어지면서 환상의 모습과 형태는 조금씩 변했다. 어쩌면 그것은 소망에서 비롯되지 않았을까. 한 사람을 살리기 위해, 한 영혼을 구하기 위해, 온 우주가 소리 없이 조금씩 계속 움직였다면? 중력이 서로 다른 행성이 제 이웃에 있는 행성에 끊임없이 영향을 주는 것처럼.

"나 들어간다?"

외삼촌이 말하면서 문을 열었다. 열다섯 살 소년의 프라이버시를 존중해서 문이 열린다는 예고는 해 주겠지만, 성격이 급해서 허락을 기다리진 못하겠다 이거였다. 외삼촌다웠다.

"나와. 가래떡 구웠어."

은호는 책을 덮고 외삼촌보다 빠르게 경보로 달려가 테이블에 앉았다. 잘 구운 가래떡을 오늘 얻어 온 햇꿀에 찍어 먹었다. 저녁 대신이었다.

은호는 한 입 베어 문 뒤 엄마에게 물었다.

"아까 차에 짐 실을 때 그, 덕임이 할머니랑 무슨 얘기 했어?"

"덕임이 할머니가 열여덟에 천왕봉 아랫마을로 시집오셨잖아. 그때부터 얼마나 고생하셨는지 들었지. 늘 만나면 손 붙잡고 하시던 말씀인데, 오늘은 좀 다르게 들리더라. 언젠가는 저 꼭대기를 꼭 올라가 봐야지 말씀하시는데, 왠지 울컥하지 뭐야. 그래서 말인데, 산에 올라가고 싶어."

엄마는 버킷 리스트라면서 은호를 보며 말을 이었다. 눈이 별처럼 반짝반짝 빛났다.

"같이 산에 가자."

다음 날 아침 전화로 물어보니, 의사 선생님은 등산만큼 좋은 운동은 없지만 운동량을 천천히 늘려 가며 몸 상태를 확인하고 만반의 준비를 갖춘 다음에 출발하라고 덧붙였다.

그 뒤로 은호는 아침마다 제일 먼저 일어나 엄마를 깨웠다. 운동으로 빨리 몸을 만들어서 추워지기 전에 후딱 다녀올 생각이었다. 엄마는 블로그 덕분에 입소문이 나서 예약 손님이 많다는 핑계로 꾸물거리다 운동 시간을 놓치기 일쑤였다. 게다가 날짜를 잡으려 하면 자꾸 한가해지면 산에 가자고 딴소리를 했다.

그런 일이 거듭되자 은호는 깨달았다. 엄마는 겨울에 천왕봉에 가려는 것이었다.

은호는 안방을 뒤진 끝에 화장대 서랍 아래쪽에서 유골함 항아리를 발견했다. 그런데 속은 비어 있었다. 문득 짚이는 게 있어서 새로 산 등산 가방을 살펴보니, 작은 플라스틱 통에 제습제와 함께 가루가 담겨 있었다.

8년 전, 엄마는 은호와 함께 천왕봉으로 출발했지만, 중간에 은호가 울어서 그냥 내려올 수밖에 없었다. 그래서 이번 기회에 다시 천왕봉에 가서 아빠 유골을 뿌리려는 것이다.

그 밤, 은호는 플라스틱 통을 거실 테이블 위에 놓고 엄마에게 단호하게 말했다.

"겨울 산은 초보자에게 위험해."

"준비를 단단히 하면 돼. 월요일에 겨울 장비 사러 갈 거야."

"왜 꼭 겨울이어야 해?"

"네 아빠 마지막은 겨울에 뿌려 주고 싶어. 해마다 겨울을 얼마나 기다렸는데. 남극 갈 생각에 가을부터 신나 했단 말이야. 꼭 애처럼."

아빠가 세상을 떠난 해에는 엄마도 넋이 나가서 여름에 산을 올랐다며, 이번 산행은 꼭 겨울이어야 한다고 고집했다. 외삼촌이 가만히 듣고 있다가 그럼 자기도 따라가겠다고 했지만, 엄마는 은호랑 둘이서만 가겠다고 고집부렸다. 계속된 실랑이 끝에 은호는 백번 양보해서 2박 3일 종주로 변경하자고 했지만, 엄마는 그건 너무 자존심 상한다며 1박 2일을 고집했다.

"아우, 진짜 똥고집이야!"

"지는. 자꾸 이럴 거면 엄마 혼자 갈 거야."

엄마와 은호는 크게 싸웠다. 언제나 서로 거리를 두고 대해서 한 번도 싸운 적 없는 모자였다.

서로 본 척도 않고 말을 안 한 지 열흘이 넘자, 외삼촌이 땀을 뻘뻘 흘리며 중재에 나섰다. 그러나 은호도 엄마도 참견 말고 내버려두라며 야멸치게 쏘아붙였다. 외삼촌도 둘 다 마음대로 하라며 손을 뗐다. 세 사람은 손님을 대할 때만 자본주의 미소를 장착하고 자기들끼리는 한마디도 하지 않았다.

쌀쌀한 가운데 겨울이 왔다.

노신사가 안쪽 테이블에서 수선화 꽃차를 마시며 눈이 쌓인 산을 바라보고 말했다.

"곰이 겨울잠 들었겠네."

은호는 곰 이야기에 고개를 돌려 노신사를 보았다. 봄에 왔던 그 노신사였다. 엄마가 꿀차를 대접하던 때가 떠오르면서 작은곰과 함께한 추억이 우르르 딸려 올라왔다. 벌써 두 계절이 지나도록 작은곰을 보지 못했다. 은호는 이제 아빠의 헤드셋을 하고 다니지 않았다. 작은곰이 귀를 빨며 뽀뽀하려 드는 걸 헤드셋으로 방어하던 때가 아주 먼 옛날 같았다.

은호는 엄마를 돌아보았다. 엄마는 멀리 눈 쌓인 산봉우리를 바라보고 있었다. 산장 마당에도 눈이 쌓였지만, 산봉우리를 덮은 눈은 또 달랐다.

은호는 부엌으로 가서 약과를 접시에 수북하게 담아 노신사 앞에 놓으며 물었다.

"곰 좋아하세요? 저번에 오셨을 때도 곰 얘기 하신 것 같아서요."

"그랬었나. 학생은 곰 별로 안 좋아해요?"

"좋아해요."

혼잣말처럼 조그맣게 말하자 노신사가 환하게 웃었다. 노신사는 그래도 곰은 가까이하기엔 위험하다며 덧붙이다가 스스로를 책망했다. 산사람이 어련히 더 잘 알 텐데, 늙으니끼 자꾸 맘이 많아진다면서. 노신사는 한참을 더 겨울 산을 바라보다 내려갔다.

"진짜 멋있는 할아버지다. 그렇지?"

엄마는 노신사를 배웅하고 은호 옆에 서서 말했다. 은호도 고개를 끄덕였다. 외삼촌이 접시를 치우며 둘을 바라보았다.

그날 밤 엄마와 은호는 천왕봉으로 출발할 날짜를 잡았다.

29

 주말 내내 내린 눈이 소복하게 쌓였다.
 오전 10시, 외삼촌이 성삼재 주차장에 엄마와 은호를 내려 주었다. 은호는 차에서 내려 가방을 메고 방한 마스크를 턱까지 내렸다.
 "바람이 차갑지 않은 것 같은데. 삼촌도 그래요?"
 "어떻게 진짜 오늘부터 딱 따뜻해지냐."
 외삼촌이 혀를 내두르자, 엄마가 선글라스를 쓰면서 싱글거렸다.
 "거봐, 내가 뭐랬어. 온 우주가 우릴 응원한다니까?"
 기상청에 전화까지 해서 신중하게 산행 날짜를 정한 일련의 과정이 우주의 응원으로 둔갑했다.

외삼촌이 은호 어깨를 툭 치며 말했다.

"저러다가 네 아빠가 하늘을 움직였다고 하겠어, 아주. 고생해라."

엄마가 의자에 걸터앉아 아이젠을 덧신으며 외삼촌에게 말했다.

"우리만 노는 거 좀 찔리니까 너도 재밌게 놀아."

"둘이 놀러 가는 거였어? 한겨울에 눈 쌓인 산봉우리까지 올라가서?"

"당연하지. 아들이랑 단둘이 데이트다, 왜!"

은호가 데이트는 아닌 것 같다며 한 발짝 뒤로 빼자, 엄마가 도망가지 못하게 은호를 딱 붙잡았다. 서로의 등산 장비를 꼼꼼히 확인한 뒤에 엄마와 은호는 산으로 성큼성큼 늘어졌다.

1차 목적지는 노고단 대피소였다. 여름이면 가족 단위 방문객들이 슬리퍼 신고 걸어 올라가는 코스여서 겨울에도 부담 없었다. 사진을 찍으면서 천천히 걸었다. 계단이 많은 곳에 이르렀을 때는 은호가 엄마 팔을 잡고 조심조심 끌어 주었다. 천왕봉으로 가는 산행객은 드물었다.

오후 다섯 시가 넘어 연하천 대피소에 도착했다. 등산객들은 간단히 저녁을 먹고, 휴대폰으로 오늘 찍은 사진을 조금 보다가 다들 잠자리에 들 채비를 했다.

밤이 오자 눈이 더 똘망똘망해진 엄마가 은호에게 신호를 보냈다. 밖에 나가자고.

코는 좀 시렸지만 바람도 자고, 무엇보다 밤하늘이 고즈넉했다. 엄마는 두리번거리더니 금세 북극성을 찾았다. 손을 이리저리 움직여 큰곰자리도 이내 찾았다.

"저기, 북두칠성 보여? 산장에서 보던 거랑 또 다르다, 그지?"

"응."

"세 글자 이상으로 대답 좀 해 주라. 엄마 힘 빠져."

"그러네."

"아유, 이뻐 아주."

엄마는 팔짱을 끼고 은호 옆으로 바짝 붙었다. 그러고는 밤하늘을 올려다보며 혼잣말처럼 중얼거렸다.

"그 곰 말이야, 왜 갑자기 사라졌을까. 안 보고 싶어?"

"맘대로 하라 그래."

"걔도 겨울잠 자나 보다. 그지?"

"그러든지."

겉으론 툴툴댔지만, 은호도 작은곰이 몹시 그리웠다. 하지만 그립다고 티 내는 건 열다섯 자존심이 또 허락하지 않아 부러 아무렇지 않은 척했다.

"엄마는 지금 무지 좋은데, 우리 아들은 아직 심통 났나?"

"아니야."

"근데 왜 그렇게 툴툴대? …… 혹시 엄마 때문이야? 엄마가 몸이 좀 안 좋았던 거 일찌감치 눈치 못 챈 게 미안해서?"

은호는 별다른 말을 하지 않았다.

"맞구나? 아유, 우리 착한 아들! 그게 계속 마음에 쓰였어? 이젠 다 괜찮아졌는데도?"

"버킷 리스트 아니었으면, 진짜 몰랐을 거야……."

은호 목소리에 물기가 어려 있었다. 엄마는 은호의 등을 쓰다듬으며 말했다.

"그저께 미용실 잡지에서 봤는데, 인생을 사는 두 가지 방법이 있대. 아무것도 기적이 아닌 듯이 사는 방법이랑, 모든 게 기적인 듯이 사는 방법."

엄마는 은호를 향해 크게 미소 지으며 말을 이었다.

"그러니까 작은곰도 기적이야. 아끼는 사람이 떠나기 전에 그 사람과 관련된 아름다운 환상을 보는 건 절대 두려워할 일이 아니야. 아빠가 옆에 있었으면 우리 은호 손 붙잡고 그 말 꼭 해 줬을 거야."

"……엄마가 어떻게 알아."

"엄마는 다 알아."

엄마는 병원에 누워 있는 아빠의 손을 꼭 잡고 계속 계속 이야기했지만, 아빠 입에는 산소 호흡기가 달려 있었고 눈도 뜨지 못했다며 옛일을 회상했다.

"그날도 중환자실에서 아빠 옆을 지키는데, 갑자기 환청처럼 아빠 목소리가 들리더라. 어딜 가든 지켜 줄 거라고. 조금 떨어진 곳에서 언제나."

세 사람의 손이 포개지던 그 순간이 다시금 떠오르자 은호는 목이 멨다.

엄마와 아들 사이로 휘이잉 바람이 길게 불었다. 감기 걸리기 전에 이제 그만 들어가자고 얘기하려는데, 엄마가 말을 꺼냈다.

"근데 손은 왜 주머니에 계속 넣고 있어? 안에 뭐 들었어?"

은호는 주머니에 아무것도 없다며 까뒤집어 보여 주었다. 그런데 종이쪽지가 툭 바닥으로 떨어졌다. 이건 또 언제 여기 숨어 들었을까.

"어, 이거 버킷 리스트 적힌 거야."

"아! 엄마도 종이 좀 보여 줘."

"어?"

설마, 이게 보이나? 은호는 당황한 얼굴로 입을 벌린 채 종이쪽지를 내밀었다. 수많은 물음표가 머릿속을 헤집는데, 엄마가 손전등으로 종이를 비추며 콧잔등을 찡그렸다.

"글씨가 너무 삐뚤빼뚤한데? 줄 그은 건 벌써 해결한 거야?"

"……어."

"하나 남았네."

"엄마 진짜 이게 보여?"

"응. 이거 네가 옮겨 적은 거 아니야?"

은호는 고개를 가로저었다. 침묵 속에서 밤하늘을 보았다. 북극성에서 시작된 작은 별 일곱 개가 빛을 받아 반짝였다. 작은곰자리였다. 북극성은 작은곰의 꼬리 끝별이었다.

그때였다. 반짝이는 하얀 빛이 하늘에서 별똥별처럼 내려왔다. 은호의 시선이 까만 밤하늘에서 하얀 눈밭 위로 포물선을 그리듯 옮겨졌다. 곧이어 뒤쪽에서 거무튀튀한 형체가 몸을 일으켰다. 작은곰이었다.

무심히 넘겼는데, 생각해 보니 이상했다. 조금 전에 임미가 버킷 리스트를 보며 한 말이 떠올랐다. 서둘러 손전등으로 종이쪽지를 비추었다. 버킷 리스트 4번 위로 줄이 그어져 있었다.

~~4번. 외계인과 ET 손가락 대기.~~

"4번이 지워졌어."

엄마 말대로 남은 건 하나였다.

5번. 고백했다 차이기.

그리고 작은곰이 나타났다. 수많은 생각이 치어처럼 엉켰다가 풀어졌다 다시 모여들었다.

'5번 때문에 온 거야?'

작은곰은 멀리 떨어진 곳에서 은호를 바라보며 고개를 끄덕였다.

'버킷 리스트는 끝나면, 넌 영원히 사라져? 네가 사라지면 엄마는 어떻게 되는데?'

작은곰은 그 자리에 서서 대답이 없었다. 움직이지도 않았고 눈을 피하지도 않았다. 엄마는 은호 쪽을 보느라 등을 돌리고 있어서 작은곰을 보지 못했다. 엄마는 주머니에서 주섬주섬 귀마개를 꺼냈다. 추위에 은호의 귀가 빨개져서 귀마개를 씌워 주려는데, 은호가 엄마 손을 잡고 막았다. 눈에 눈물이 맺혔다.

"우리 아들 왜 울어?"

작은곰은 마지막 버킷 리스트를 부탁하고 있었다. 은호는 작은곰을 보내고 싶지 않았지만, 쪽지와 함께 작은곰이 다시 나타나자 더는 미룰 수 없다는 생각이 들었다. 작은곰은 엄마와 함께할 시간을 주려고 나를 찾아온 게 아닐까. 그 어떤 환상들보다 조금 더 일찍. 우주를 건너 저 멀리서부터.

'네 버킷 리스트 해 줄게. 대신 엄마는 데려가면 안 돼. 약속해.'

어떤 대답도 받지 못했지만, 은호는 작은곰이 결코 자신을 슬프게 하지 않으리라고 굳게 믿었다. 은호와 작은곰이 쌓은 추억은 외삼촌이나 외할아버지, 또는 고모할머니가 본 환상과는 다르다는 것이 말하지 않아도 온전히 느껴졌다.

은호는 숨을 크게 들이마시고 엄마에게로 눈을 돌렸다.

"엄마, 나 고백할 거 있는데……."

메마른 입술 사이로 눈물이 스며들었다. 딱 세 글자인데, 그 말이 가슴속에서 풍선처럼 부풀어 올라 입 밖으로 나오지 않았다. 말해야 하는데, 이게 마지막 버킷 리스트인데. 그런데 이 말을 하면 작은곰은…… 영원히 사라질까. 엄마와 작은곰을 번갈아 바라보는 은호의 눈동자가 거센 해류에 휘말린 물풀처럼 흔들렸다.

한편, 은호와 마주 선 엄마는 뒤를 보지 않아도 알 수 있었다. 작은곰이 다시 나타났다는 것을. 그리고 그것이 무엇을 뜻하는지도. 잠시 후 엄마는 두 팔을 벌려 은호를 꼭 껴안았다. 은호가 기댈 수 있게 어깨로 머리를 받쳐 주며 나직이 말했다.

"엄마는 우리 은호가 세상에서 제일 좋아. 엄마가 정말 정말 사랑해."

은호는 엉엉 울었다. 오래도록 삭인 울음이 걷잡을 수 없이 터져 나왔다. 산은 그런 곳이었다. 속에 꾹꾹 눌러 놓은 모든 것을 마음껏 털어 낼 수 있는 곳.

30

 소복하게 쌓인 눈이 별보다 하얀 고즈넉한 밤이었다.

 오직 깊은 산속에서만 느낄 수 있는 특별한 고요가 엄마와 은호를 담요처럼 따뜻하게 감싸 주었다. 두 사람은 서로의 체온에 의지하며 기대앉아 달빛에 은은히 반짝이는 눈꽃을 오래도록 바라보았다.

 가슴이 진정되자, 은호는 주위를 둘러보았다. 작은곰은 그새 어디로 갔는지 또 보이지 않았다.

 "엄마도 보면 좋을 텐데."

 "그렇게 귀엽게 생겼어?"

 "못생겼어."

 "네 아빠 닮았으면 잘생겼을 텐데, 이상하네."

"엄마는 작은곰이 아빠라고 생각해?"

"아까 말했잖아. 네 아빠가 어딜 가든 지켜 줄 거라고 약속했다고."

"근데 작은곰은 너무 작잖아. 아빠는 덩치가 되게 컸는데."

"하긴 네 아빠는 뚱뚱한 아빠곰에 딱 맞았지. 맞다, 네 아빠가 너랑 같이 〈곰 세 마리〉 부르던 거 기억나?"

"내가? 언제?"

은호가 유치원에서 처음 배워 온 노래가 〈곰 세 마리〉였다. 그 뒤로 은호는 저녁마다 엄마 아빠 앞에서 율동을 곁들여 〈곰 세 마리〉를 불렀다.

엄마 이야기를 듣자, 은호도 잊고 있던 옛 기억이 떠올랐다. 은호가 아빠곰이 제일 좋다며 풀쩍 안기면, 아빠는 은호와 코를 비비면서 장난스레 몸을 좌우로 움직이며 함께 노래했다. 아빠 곰은 아기곰이 너무 귀엽다면서. 은호는 코끝이 다시 빨개졌다.

"그래서 작은곰이었나……."

"응? 뭐가?"

"한번은 내가 아빠 출근하는 게 싫어서, 아빠곰도 아기곰처럼 작았으면 좋겠다고 말했거든. 아빠가 쪼그매지면 유치원 가방에 몰래 넣어 다니려고."

다섯 살다운 소망이었다. 은호가 추억에 잠겨 픗 웃는데, 엄마는 눈물이 그렁그렁한 채 코끝이 빨개졌다. 느낌이 왔다. 사이렌처럼 큰 소리로 울기 직전이었다. 은호는 침착하게 소매 끝을 죽 늘여 빼서 엄마 눈물을 닦아 주려고 준비했다.

그런데 엄마 표정이 갑자기 순식간에 변했다. 두 눈이 동그래져서는 은호 옆쪽으로 시선을 옮겼다.

"어머머! 얘가 걔니?"

엄마가 화들짝 놀라 목소리가 뒤집어졌다. 은호가 고개를 오른쪽으로 돌렸더니, 작은곰이 은호의 귀를 빨려고 옆에 딱 달라붙어 있었다. 기다렸다는 듯이 또 뽀뽀 세례가 시작되었다. 엄마는 식겁한 표정으로 작은곰을 손가락 끝으로 쭈욱 밀어 내며 나직이 말했다.

"얘, 그것 좀 그만해."

"일어나면 돼. 작은곰은 점프 못 해. 환상이지만 나름 현실적이거든."

두 사람이 몸을 일으켜 서자 작은곰이 폴짝폴짝 뛰었다. 뛸 때마다 바닥에 발자국이 찍혔다. 엄마는 점프하는 작은곰을 보다가 은호를 빤히 보았다.

"점프하는데?"

"이상하다. 못 했는데."

작은곰은 아무리 열심히 뛰어도 은호고 엄마고 어느 쪽 귀에도 혀가 닿지 않자 씩씩대며 그 자리를 뱅글뱅글 돌았다. 그러다 불쑥 짜증이 났는지 꼬장 부리듯 바닥에 등을 비볐다. 쌓인 눈이 움푹 팼다.

은호는 자꾸 웃음이 새어 나오려 해서 아랫입술을 깨물었다. 그러고는 엄마 옆구리를 팔꿈치로 툭 치며 장난스럽게 물었다.

"아직도 쟤가 아빠처럼 보여?"

"취소! 어우, 웬일이니. 완전 변태 곰 아니야?"

"변태까진 아닌데. 저게 원래 곰들이……."

"아우, 몰라 몰라. 이머 어머, 또 뛴다. 얘, 그만 좀 해. 세상에, 넌 그동안 쟬 어떻게 참았니."

엄마는 집요하게 뽀뽀하려는 작은곰을 질색하며 은호를 방패 삼아 뒤로 숨었다. 은호는 방한용 귀마개를 엄마에게 씌워 주며 말했다.

"그래서 내가 맨날 아빠 헤드셋 쓰고 다녔잖아."

작은곰은 제자리 뛰기를 해도 소용없자 세상 다 잃은 표정으로 눈밭에 털썩 주저앉았다. 엄마는 혼자 팔짱을 낀 채 작은곰을 말끄러미 보다가 불쑥 말을 걸었다.

"얘, 너 다른 건 할 줄 모르니?"

작은곰은 말없이 고개를 갸우뚱하며 엄마를 보았다.

"초능력 같은 거 없어? 그 ET 손가락, 그것도 네 생각이라며?

영화에서는 다치면 고쳐 주고 그러던데. 너 그러려고 온 거 아니야?"

"아 엄마, 그건 좀."

"가만있어 봐. 혹시 알아. 애도 모르는 능력이 있을지. 없어? 새로운 것 좀 시도해 봐. 응?"

엄마는 적극적으로 재촉했다.

작은곰은 슬금슬금 엄마를 피해 은호 뒤에 숨었다. 이제는 위치가 바뀌었다. 엄마는 작은곰을 직접 보게 된 기회를 알뜰히 활용할 생각으로 계속 작은곰과 눈 맞추려고 노력하며 말을 걸었다.

은호가 작은곰을 감싸고 돌며 대신 말했다.

"그런 건 안 된다니까. 아깐 기적이래 놓고는 왜 자꾸 빛 받으러 온 것처럼 재촉해. 얘는 애초에 그런 초능력이…… 어?"

그때였다. 작은곰 가슴에서 하얀빛이 뿜어져 나왔다. 작은곰은 제 가슴속에서 하얀 것을 쑥 꺼내더니 은호에게 건넸다. 초승달처럼 휘어진 하얀빛을 받아 든 은호가 엄마에게 주었다. 엄마는 조심조심 그것을 자기 이마로 가져갔다. 그런데 아무리 애를 써도 머리로 들어가지 않았다.

"이게 아닌가."

엄마가 이번엔 가슴으로 하얀 초승달을 넣으려고 애썼지만 역시 되지 않았다. 은호도 엄마도 당황한 표정으로 작은곰을 보았다. 작은곰 역시 입을 벌린 채 엄마를 보고 있었다.

"설마."

은호가 엄마에게서 하얀 것을 가져와 잠깐 고민하다가 멀리 던졌다. 작은곰이 하얀 것이 날아간 쪽으로 엄청 빠르게 달려가더니, 잠시 후 하얀 부메랑을 입에 물고 돌아와 은호 앞에 턱 놓았다. 수십 번을 반복해 봤지만, 은호와 엄마가 기대한 일은 벌어지지 않았다. 은호는 자신이 졸지에 동물 조련사가 된 기분이었다.

은호는 엄마가 감기 걸릴까 걱정돼서 그만 들어가자고 했다. 마지막으로 하얀 부메랑을 멀리 던져 준 뒤 엄마 팔을 잡고 몸을 돌렸다.

그런데…… 발이 떨어지지 않았다. 잘못 본 거겠지? 은호는 속마음과 달리 천천히 다시 몸을 돌렸다. 저 멀리 하얀 눈밭에 까만 턱시도를 입은 듯한 작은 신사가 서 있었다. 춤을 추듯 흐느적거리는 해파리 다리 하나를 풍선 줄처럼 쥐고. 엄마도 발을 멈추고 은호를 따라 뒤돌아보았다.

"엄마……."

"……보고 있어."

그때였다. 발밑에서 뭐가 쑤욱 올라왔다. 엄마가 화들짝 놀라 한쪽 발을 위로 올렸다. 산호초가 나뭇가지처럼 생긴 팔다리로 옆구르기를 하며 다른 곳으로 자리를 옮겼다.

"이, 이게 다 뭐니."

"그날 공원에서 내가 본 거야."

엄마는 '공원'이라는 말이 나오자마자 오래전 그날을 바로 떠올렸다. 사고 현장 주변에 설치된 CCTV를 봤지만 공원에서 은호가 왜 갑자기 도로로 뛰어가고, 남편이 그러는 은호를 뒤쫓았는지 이유를 알 수가 없었다.

"네 아빠도 저것들을 봤니?"

"……아니. 못 봤어."

은호 옆으로 털 뭉치가 다가왔다. 작은곰의 손에는 하얀 부메랑이 들려 있었다. 작은곰이 두 발로 서서 황제펭귄이 쥔 해파리를 보며 우우 소리를 냈다. 뒤쪽에서 뭔가 거대한 것이 오고 있었다.

31

 적갈색 빛을 은은히 뿜으며 해삼 무리가 공중에 둥둥 떠다녔다.
 멋지다고 엄마가 순수하게 감탄하는 사이, 뒤쪽에서 기나렸다는 듯 거대한 것이 까만 밤을 헤치고 다가왔다. 대왕고래가 입을 벌리고 몸을 비틀었다. 곧이어 하얀 거품이 일면서 작고 붉은 것들이 위로 떠올랐다. 쿠아아 소리에 은호를 잡은 엄마 손에 힘이 더 들어갔다.
 대왕고래가 은호와 엄마를 보며 길게 소리를 냈다. 대왕고래는 은호 주위를 맴돌다가 몸을 뒤집고 지느러미를 흔들며 다가왔다. 은호는 그 모습을 뚫어지게 바라보다 입을 열었다.
 "……네가 뭘 원하는지 모르겠어."

고래가 조금 전보다 더 길게 소리를 내면서 눈이 쌓인 바닥을 지느러미 끝으로 탁탁 쳤다. 작은곰이 씩씩하게 네발로 뛰어갔다. 안 된다고 말릴 틈도 없이 작은곰은 대왕고래 머리 위로 냉큼 올라갔다.

"가자, 은호야."

엄마가 은호를 재촉했다. 은호는 어어 하는 사이 엄마 손에 이끌려 지느러미 앞까지 갔지만, 결정적인 순간 발을 멈추었다. 혼란스러웠다. 왜 갑자기 지금 이런 일이 일어나는지 알 수 없었고, 이 상황을 논리적으로 받아들일 준비조차 되지 않았다. 모든 게 너무 갑작스러웠다.

대왕고래 머리 위에 떡하니 자리 잡고 앉은 작은곰이 하얀 부메랑을 길게 늘여서 아래로 떨어뜨렸다. 부메랑은 하얀 밧줄 사다리가 되어 둘 앞에 찰랑거렸다. 은호는 작은곰을 보았다. 오직 작은곰만. 은호가 용기를 내서 하얀 사다리를 꽉 잡았다. 흔들거리는 사다리를 꽉 잡고 한 발 디딘 후, 엄마에게로 손을 뻗었다. 엄마가 기다렸다는 듯이 은호의 손을 잡고 뒤따랐다.

작은곰이 탁탁 고래 머리를 앞발로 누르자 고래가 하늘 위로 올라갔다. 까만 밤하늘은 꼭 심해 같았다. 불빛이 귀한 산속이지만 어둡지가 않았다. 곳곳에서 야광 조개들이 나무에 빼곡 보석처럼 박혀 산을 환하게 밝히고 있었다.

상쾌한 겨울 공기를 헤치고 지리산 위를 크게 돌았다. 마치 우주를 가로질러 모험을 떠나는 것처럼 가슴이 두근거렸다. 대왕고래는 휘이잉 급선회해서 방향을 틀었다. 엄마는 꺄아아 소리를 내질렀고, 은호는 입을 꾹 다물고 작은곰을 잡았다. 작은곰은 놀이기구를 타는 것처럼 입을 한껏 벌렸다.

대왕고래가 향한 곳은 별밤산장이었다. 산장에서는 외삼촌이 랜턴을 켜고 벽화를 그리고 있었다. 신나는 팝송을 크게 틀어 놓고 엉덩이를 씰룩이면서. 의심스럽지만 아마 춤을 추는 것 같았다.

"종민아! 위 좀 봐! 위!"

엄마가 반가운 마음에 크게 외쳤지만, 외삼촌은 닭이 모이를 먹을 때처럼 고개를 까딱이며 춤에 빠져 있었다. 그런데 뜻밖의 장소에서 화답이 들려왔다. 언덕 너머에서 종종이가 이쪽을 향해 크게 짖었다.

대왕고래가 그 소리에 놀라 몸을 돌렸다. 작은곰과 은호와 엄마는 갑작스러운 선회에 떨어지지 않으려고 서로를 꼭 잡았다. 고래는 다시 하늘 위로 쑤우욱 올라갔다. 높은 곳에서 내려다보니 지리산이 한눈에 들어왔다.

엄마가 뒤에서 은호 허리를 꽉 붙든 채 말했다.

"이거 버킷 리스트 해결했다고 주는 보너스 맞지?"

"해결 못 했는데?"

"아까 다 해결한 거 아니었어?"

"엄마가 나 사랑한다며. 그래서 실패했잖아."

"어머 어머! 맞다. '고백했다 차이기'였지? 그럼 이건 다 뭐니."

은호는 작은곰을 뒤에서 껴안은 채 고개를 기울이고 물었다.

"이게 다 뭐야? 버킷 리스트는 분명 실패했는데."

살짝 기대했는데 역시나 대답은 없었다. 작은곰은 환상 주제에 현실 고증에 철저했다.

"솔직히 말해 봐. 버킷 리스트는 다 핑계고, 그냥 애초부터 이걸 보여 주고 싶었지? 그치?"

정말 그런 거냐며 팔을 뻗어 옆구리를 찔렀지만, 작은곰은 모르는 척했다. 뒤에서 엄마가 은호에게 버킷 리스트 종이를 다시 확인해 보라며 재촉했다. 은호는 바지 주머니에서 종이를 꺼내 펼쳤다. 그런데 그 안에서 퍼즐 조각이 나왔다. 색깔은 옐로였다. 그리고 하나가 아니라 일곱 개였다.

"엄마, 이거 조각이 일곱 개야."

"……엄마도 좀 줘 봐!"

작은곰이 한 개, 엄마가 네 개 그리고 은호가 두 개. 퍼즐 조각을 나눠 갖자마자 대왕고래가 하늘 위로 높이 날아올라 까만 밤하늘이 펼쳐진 곳에서 멈추었다. 작은곰이 자리에서 벌떡 일어서자, 은호도 엄마와 함께 조심조심 몸을 일으켰다.

엄마가 먼저 퍼즐 네 개를 사각형 자리에 콕콕 찍었다. 노란 퍼즐 조각이 자석처럼 그 자리에 콕 박혔다. 은호는 사각형의 왼쪽 점에서 위쪽으로 호를 그리며 퍼즐 조각 두 개를 척척 붙였다. 작은곰이 고래 머리 위에서 콩콩 뛰었다. 은호는 두 손을 작은곰 겨드랑이 사이로 넣어서 작은곰을 들어 주었다. 작은곰이 마지막으로 맨 위 북극성 자리에 노란 퍼즐을 앞발로 팡 찍었다.

그 순간, 오른쪽부터 왼쪽으로 모든 퍼즐 조각이 해바라기처럼 노랗게 빛났다. 밤하늘에 작은곰자리가 콕콕 박혀 있었다.

은호는 엄마를 향해, 엄마는 은호를 향해 서로 머리를 기댔다. 기울어진 자전축처럼 두 사람은 15도만큼 서로를 향해 있었다. 그런데 은호와 엄마 사이 주먹만 한 공간에 축축한 검은 코가 들어오더니 결이 다른 숨소리가 들렸다. 숨을 내쉴 때마다 꿀의 향이 사르르 퍼졌다.

대왕고래가 신이 난 듯 길게 울었다. 꼬리로 허공을 팍 치고는 다시 아래로 슈우웅 내려갔다. 셋은 떨어지지 않으려고 서로 꽉 잡고서 비명을 질렀다. 롤러코스터는 본래 내려갈 때가 묘미였다.

멀리서 새벽이 밝아 올 즈음, 대왕고래는 셋을 내려 주었다.

고래가 데려다준 곳은 천왕봉이었다. 해발 1915미터를 알리는 정상석이 바로 옆에 있었다.

엄마가 난감한 얼굴로 중얼거렸다.

"아이 참, 안 가져왔는데."

"엄마 주머니 봐 봐."

"가방 파우치에 있다니까. 대피소에 있을 텐데."

엄마는 없다면서 점퍼 주머니를 뒤집어 보여 주려고 손을 넣더니 입이 벌어졌다. 은호는 그럴 줄 알았다며 씨익 웃은 뒤, 자기한테도 달라며 손바닥을 폈다.

엄마가 점퍼 주머니에서 플라스틱 통을 꺼내 조심스럽게 열었다.

엄마에 이어 은호가 주먹을 크게 쥐었다가, 해가 떠오르는 곳을 바라보고 서서 꽃이 피어나듯 천천히 주먹을 폈다. 머리 위로는 아침 해가 떠오르고 등 뒤로는 응원하듯 스르르 바람이 불어왔다. 은호는 반짝이는 것들이 멀리 날아가는 모습을 오래도록 바라보았다.

문득 고개를 돌려 보니, 작은곰이 바람과 함께 사르르 사라지고 있었다. 은호가 붙잡으려고 손을 뻗자 작은곰은 화답하듯 앞발을 머리 위로 올렸다. 은호는 덥석 앞발을 잡았지만, 작은곰은 멈추지 않고 눈앞에서 천천히 사라졌다. 언젠가는 이런 순간이 오리라고 생각했지만, 은호에게 이별은 여전히 어려웠다. 그러나 은호는 시선을 돌리지 않았다. 은호는 가슴 깊이 작은곰을 담으려고 작은곰이 사라지는 모습을 끝까지 지켜보았다.

바람에 실려 작은곰이 사라진 뒤, 은호는 마지막까지 작은곰의 앞발을 잡고 있던 자기 손에서 뭔가 단단한 것이 느껴졌다. 손을 펴 보니, 손바닥에 노란 퍼즐 조각 하나가 선물처럼 남아 있었다.

은호는 작은곰을 들어 주었다.
작은곰이 마지막으로 맨 위 북극성 자리에
노란 퍼즐을 앞발로 팡 찍었다.

그 순간, 오른쪽부터 왼쪽으로
모든 퍼즐 조각이 해바라기처럼 노랗게 빛났다.
밤하늘에 작은곰자리가 콕콕 박혀 있었다.

| 첫 번째 리뷰 |

기억의 퍼즐 조각

이미화(작가)

친구의 딸을 뭐라고 부르는 게 좋을까. 조카? 어린 친구? 수아가 태어난 이후 나는 내가 영원히 닿을 수 없는, 그저 바라볼 수 있다는 것만으로도 충족되는 세계가 있다는 걸 알게 되었다. 친구의 딸이라는 게 딱 그 정도의 거리만 허락되는 관계이기도 하지만. 나는 이 책임도, 의무도, 그래서 어떠한 권리도 없는 위치에 만족하며 위성처럼 수아의 주위를 맴돌고 있다. 내가 엄마가 아니라서 경험할 수 있는 순간들을 만끽하면서.

어린 친구와 함께한다는 건 하루에도 수십 번씩 다짐하게 되는 일이었다. 이—모—라고 부르며 안겨 오는 아이의 작은 날개뼈를 감싸 안으면서 이 아이가 자기 자신이라는 이유로 차별받지 않는 세상을 만들어 주겠다고 다짐했고, 손을 잡고 해변을 따라 걸을 때에는 이 아이를 위해 바다의 푸르름을 지켜 주겠다고 다짐했다. 그런 날에는 정말이지 좋은 어른으로 살고 싶어졌다.

이런 날도 있었다. 내가 내민 검지 손가락에 수아가 자신의 손가락을 맞대 온 날. 그때 나는 이런 다짐을 했더랬다. 이 아이의 ET가 되어야겠다고. 스티븐 스필버그의 오래전 영화에 나오는 그 외계인이 되기로 마음먹었다. ET와 소년 엘리엇이 그랬듯, 세대와 우주를 뛰어넘어 교감하는 유일무이한 친구가 되고 싶다는 마음도 있지만, 오히려 ET가 아이의 유년 시절에 반짝 활약했다가 사라시는 존재이기 때문이었다.

수아가 자랄수록 나는 아마 시시하고 따분한 존재가 되어 갈 것이다. 그때가 되면 내가 내뱉는 모든 말들이 아이에게 아무런 희망도 용기도 되지 못할 것이라는 걸 알고 있다. 아이가 자라는 만큼 내가 늙어 갈 것이기 때문이다. 우리는 도무지 같은 행성에 사는 사람이라고는 생각지 못할 만큼 멀어질 것이며, 그렇게 나는 수아의 기억에서 점점 잊힐 것이다. (나를 돌봐 주었을, 하지만 전혀 기억나지 않는 이모들을 생각하면) 그건 아주 자연스러운 일이고, 그것이야말로 내가 ET가 될 이유로 충분하다고 생각했다.

나는 수아의 유년에 잠시 불시착한 외계인 친구가 되어 끝내주는 여름방학을 보낸 뒤에 기억 저편으로 사라지고 싶다. 그 시간들로 하여금 어른이 된 수아에게 어렴풋이 용기가 되는, 최초의 우정이자 오래된 상상으로 자리 잡고 싶다.

ET가 엘리엇에게 그랬던 것처럼. 그리고, 은곰이 은호에게 그랬던 것처럼.

어느 날, 은호에게 곰이 찾아왔다

은호는 아빠의 죽음이 자기 탓이라고 생각하며 사는 소년이다. 8년 전에 벌어진 사고가 은호 자신에게만 보이는 환상 때문이라고 생각하기 때문이다. 그래서 은호는 친구들은 거짓말, 엄마는 상상, 아빠는 꿈이라고 부르는 환상이 지긋지긋하게 싫다.

사고 이후로 환상이 다시 보이기 시작한 건 엄마와 삼촌 셋이 살고 있는 산속 별장에 작은곰이 나타나면서부터다. 은호의 단조로운 일상에 들이닥친 작은곰은 꿀단지를 찾느라 별장을 쑥대밭으로 만들어 놓는가 하면 은호 옆에 찰싹 달라붙어 귀를 핥는다. 종일 은호를 따라다니며 귀찮게 하던 곰은 급기야 은호에게 자신의 버킷 리스트를 함께 수행해 줄 것을 요구한다.

"이거 설마 버킷 리스트야?"

작은곰이 헤엄을 치듯 크게 고개를 끄덕였다.

"이걸 왜 나한테…… 나더러 해 달라고?" (본문 78-79쪽)

죄책감을 짊어진 아이는 또래보다 일찍 철이 들기 마련이고, 어른아이를 제 나이로 돌려놓을 수 있는 건 또래의 존재들밖에 없다. 학교도 다니지 않고 방에 틀어박힌 아이에게, 누구에게도 말 못할 비밀을 품고 사는 아이에게, 상상력을 놓아 버린 아이에겐 어른이 아닌 친구가 필요하다. 은호는 작은곰의 버킷 리스트를 이루어 주기 위해 골몰하느라 자신을 장악하고 있던 감정을 잠시 잊는다. 닫혀 있던 방문을 열고 나와 움직이기 시작한다. 작은곰의 도둑질을 돕기 위해 도토리묵을 배달하고, 쑥떡을 만들어 주기 위해 직접 마당에 나가 쑥을 캐고 반죽을 한다. 전에 없는 활동량 덕분에 은호는 엄마의 수면제 없이도 드르렁 코를 골며 잠에 든다.

언젠가 아이들이 주인공인 영화를 찍은 감독의 인터뷰를 읽은 적이 있다. 아주 심각한 장면임에도 아이들이 웃는 얼굴로 달려서 난감했다는 이야기였다. 듣고 보니 정말 그랬다. 골목을 뛰어다니는 아이들의 얼굴엔 늘 웃음이 만발했다. 땀을 뻘뻘 흘리면서도 즐거워 보였다.

 그래서인지 나는 은호의 웃는 얼굴을 쉽게 떠올릴 수 있었다. 은곰을 귀찮아할 수는 있어도 은곰의 말썽을 가만두지 못하고 뛰어다니던 은호의 얼굴은 분명 웃고 있을 거라고 멋대로 상상했다.

하늘에 수놓은 작은곰자리를 찾아서

 작은곰이 나와 같은 목표로 은호 앞에 나타났다는 걸 짐작하게 된 건 버킷 리스트 4번, '외계인과 ET 손가락 대기' 항목에서였다.

 검지 손가락을 정확히 맞대지 못하는 엄마의 뇌경색 증상을 알려 주려는 계획도 있었겠지만 난 왠지 알 것 같았다. 어딘가 엘리엇과 닮은 구석이 있는 은호의 ET가 되어 주기 위해, 아빠가 작은곰의 모습으로 나타난 거라는 걸.

 대왕고래 머리 위에 떡 하니 자리 잡고 앉은 작은곰이 하얀 부메랑을 길게 늘여서 아래로 떨어뜨렸다. 부메랑은 하얀 밧줄 사다리가 되어 둘 앞에 찰랑거렸다. 은호는 작은곰을 보았다. 오직

작은곰만. 은호가 용기를 내서 하얀 사다리를 꽉 잡았다. (본문 216쪽)

자전거를 타고 하늘을 나는 ET와 엘리엇처럼 은곰과 은호는 대왕고래 등에 올라타 까만 밤하늘을 가른다. 그 위에서 내려다본 지리산과 별밤산장과 퍼즐 조각처럼 박힌 일곱 개의 별은 은호의 마음에 별자리를 새긴다.

작은곰자리. 이제 은호는 자신의 잘못으로 아빠를 잃은 소년이 아닌 밤하늘 어디서든 가장 밝은 별(아빠)을 찾아낼 수 있는, 북극성의 아이가 된다.

'기억'이 할 수 있는 일

이제, 또 한 번의 이별을 할 차례다. 우리는 필연적으로 사랑하는 이와 작별해야 한다. 하지만 모든 이별이 사라짐을 의미하는 건 아니라는 걸, 이야기의 끝에서 은호는 깨닫는다. 만날 수는 없어도, 곁에 없어도 존재할 수 있다는 것. 그걸 기억이라고 부른다는 걸 말이다.

은호는 가슴 깊이 은곰을 담으려고 은곰이 사라지는 모습을 끝까지 지켜본다. 바람에 실려 사라지는 은곰의 손을 잡자 은호의 손에 노란 퍼즐 조각 하나가 남는다. 은호가 기억하는 한 은곰도 아빠도 영원히 사라지지는 않을 것이다. 행여나 가끔 잊어도, 어른이 되어 서서히 그 시간을 떠올릴 수 없을 만큼 일상이 바쁘게 흘러가더라도 문득 떠올린 퍼즐 조각 하나에, 금세 고래 등에 앉아 밤하늘의 별을 세던 때로 돌아가게 될 것이다. 그것이 유년의 기억이 하는 일이니까.

나의 어린 친구 수아는 어떻게 자라 줄까? 호기롭게 ET 같은 존재가 되어 주겠다고 다짐했지만 자전거로 하늘을 나는 능력도, 대왕고래를 불러내지도 못하는 내가 수아에게 끝내주는 유년을 선물해 줄 수 있을까.

나와 함께 보낸 시간이 정말 아이에게 긍정적인 감정으로 남긴 하는 걸까 고민이 될 때마다 은호와 엘리엇을 상상해야겠다. 수아의 미래는 도무지 상상하기 어려워도 어른이 된 은호와 엘리엇은 쉽게 떠올려 볼 수 있으니까. 믿음과 용기를 쥐고 어른이 될 두 아이를 생각하며 수아에게 이 책을 보낸다. 은곰이 그랬듯 수아의 손에 작은 퍼즐 조각을 쥐여 주는 마음으로.

| 작가의 말 |

별이 빛나는 밤엔
버킷 리스트를!

남몰래 책갈피처럼 꽂아 둔 하얀 밤이 있다.

추운 겨울밤, 일이 끝나고 옥탑 집으로 가던 길이었다. 가스비가 무서워 보일러도 틀지 못해 난방 텐트 안에서 패딩을 껴입고 누울 생각을 하자 걷는 내내 온몸이 쑤셨다. 몸에 열을 내야 그나마 덜 추워서 앞만 보며 빠르게 걷는데, 갑작스레 눈이 내리기 시작했다.

빗금을 그은 듯한 어둠 속에서 별사탕 같은 눈을 맞으며, 고개를 뒤로 젖힌 채 입을 벌리고 서 있었다. 무언가를 꿈꾼다는 게 사치라는 생각이 들 만큼 고단했던 그때, 나에게도 그런 동화 같은 순간이 있었다.

그 후로 십여 년이 훌쩍 지났다. 별사탕이 선물처럼 머리 위로 와르르 쏟아지던 그 밤을 떠올리며 은호와 은곰의 이야기를 쓰기 시작했다. 절대로 친구가 될 수 없을 것 같은 그 둘을 이어주는 건 버킷 리스트다.

마음의 문을 닫은 열다섯 소년 앞에 나타난 작은곰이 내민 버킷 리스트는 엉뚱하고 뻔뻔하기 짝이 없다. 버킷 리스트를 하나씩 해결하며 소년은 갑옷처럼 두른 두려움을 떨치고 세상 속으로 한 걸음씩 발을 내디딘다.

딱 하나만 정해야 할 것 같은 꿈보다 품이 더 넉넉하고, 막연한 소망보다 손에 잡힐 듯 구체적이어서 나는 버킷 리스트가 좋다.

물론 버킷 리스트를 쓰는 건 생각보다 어렵다. 녹록지 않은 현실을 핑계로 모른 척해 온 진짜 나를 대면해야 하기 때문이다. 버킷 리스트를 적다 보면, 그간 내가 어떤 삶을 살아왔고 또 무엇으로부터 도망쳐 왔는지가 적나라하게 드러나서 얼굴이 화끈거릴 때도 있다.

그렇지만 버킷 리스트를 쓰는 건 생각보다 재밌다. 생각을 글로 옮기는 것만으로도 오늘과는 달라질 내일의 나를 기대하게 되는 데다, 버킷 리스트를 이루고 행복으로 꽉 찬 내 모습을 상상하는 것만으로도 마음이 몽글몽글해진다.

  나는 어깨가 움츠러들 때면 다이어리에 버킷 리스트를 썼다 지우고 다시 또 새로 쓴다. 오롯이 나의 이야기에 집중할 때면 세상 속으로 거침없이 발을 디밀 용기가 생기니까.
  은호를 함께 응원하며 여기까지 함께 따라와 준 독자분들에게도 슬쩍 권하고 싶다. 오늘 밤엔 별을 바라보며 나만의 버킷 리스트를 끄적여 보기를.

2025년 가을,

김영리

곰 한 마리가 숲속에 있어

1판 1쇄 발행 2025년 9월 15일

지은이   김영리

편집   이혜재
디자인   이지인
제작   세걸음

펴낸이   이혜재
펴낸곳   책폴
출판등록   제2021-000034호
전화   02-911-9390
팩스   0303-3447-9390
전자우편   jumping_books@naver.com

ⓒ 김영리, 2025

ISBN 979-11-93162-51-4 (43810)

· 이 책은 저작권법에 따라 보호받는 저작물이므로 무단전재와 무단복제를 금합니다.
· 이 책의 일부 또는 전부를 이용하려면 반드시 저작권자와 책폴 양측의 서면 동의를 얻어야 합니다.
· 잘못 만든 책은 구입처에서 바꾸어 드립니다.

너와 나, 작고 큰 꿈을 안고 책으로 폴짝 빠져드는 순간
책폴

블로그   blog.naver.com/jumping_books
인스타그램   @jumping_books